AF387630

Lia Love ist das Pseudonym der Mecklenburger Autorin Kathleen Strobach. Sie wurde 1984 geboren und begeisterte sich schon in ihrer Kindheit für das Schreiben. Durch das Schreiben als Ghostwriterin fand sie zur frechen Romantik und fasste mit ihrer eigenen kleinen Reihe „Lillys Romance" den Entschluss, selbst zu veröffentlichen. Kathleen liebt in ihren Geschichten den charmanten Wortwitz ihrer Charaktere und die Schönheit ganz persönlicher Sehnsuchtsorte. Für sie selbst gibt es nichts Schöneres, als einen Sonnenuntergang auf dem Land – mit ein wenig Zeit für sich und dem Gefühl von Freiheit.

LIA LOVE

Zitronen DUFT UND SOMMER Glück

Überarbeitete Neuausgabe Mai 2023

Copyright © 2023 dp Verlag, ein Imprint der
dp DIGITAL PUBLISHERS GmbH
Made in Stuttgart with ♥
Alle Rechte vorbehalten

Zitronenduft und Sommerglück

ISBN 978-3-98778-288-6
E-Book-ISBN 978-3-98778-016-5

Copyright © 2021, Lillys Romance
Dies ist eine überarbeitete Neuausgabe des bereits 2021 bei Lillys Romance erschienenen Titels Zitrusherzen und Lavendelduft (ISBN: 978-3-75319-540-7).

Covergestaltung: Anne Gebhardt
Umschlaggestaltung: ARTC.ore Design
Unter Verwendung von Abbildungen von
shutterstock.com: © Gaspar Janos, © Joeahead, © Mendeed, © New Africa
stock.adobe.com: @ nolonely
elements.envato.com: © walllow, © PixelSquid360
Lektorat: The Write Spirit
Satz: dp DIGITAL PUBLISHERS GmbH
Druck und Bindung: Books on Demand GmbH, Norderstedt

1. Die Sache mit dem Zimmer

Die Sonne schien an diesem Tag so heftig, dass sich Dampf vom Asphalt der Straße abhob. Cleo atmete tief ein. Ihr Blick fiel auf die ersten Palmen, die sie begrüßten, als würde sie gleich ein Tropenparadies erreichen. Aber es war viel mehr als das. Es war Nostalgie! Es war die Romantik der kleinen Gässchen mit ihrem Kopfsteinpflaster. Es waren die vielen kleinen Häuser in unzähligen Farbfacetten und all die liebevoll arrangierten Dekorationen, die Cleo ins Herz geschlossen hatte. Italien! Italien hatte nach ihr gerufen und sie wusste, es würde sie retten.

Die Luft, die durch das geöffnete Autofenster hereinwehte, brachte keine wirkliche Abkühlung. Es war unendlich stickig hier drinnen und der Schweiß stand auf Cleos Stirn, als wäre sie gerade einen Marathon gelaufen.

Nervös rückte sie den Saum ihres bunten Kleides zurecht. Ihr Ziel rückte näher. Der Taxifahrer erwiderte ihr Lächeln über den Rückspiegel. Er erkannte Cleos euphorische Vorfreude, mit der sie sich wie mit einem Schleier einwickelte. Er nickte und lachte.

Cleo roch den Duft der Freiheit, während der Wagen sie auf der Gardesana, der Küstenstraße des berühmten Gardasees, weiter voranbrachte.

Sie biss sich auf die Lippen. Ihre Augen fingen die Umgebung mit einem Leuchten ein, das einfach nur ehrlich war. Sie beobachtete eine junge Frau, die gerade tankte. Cleo strahlte zuversichtlich. Es fühlte sich wie Heimkommen an, obwohl sie dieses bezaubernde Land mit seinen verträumten Landschaften bisher erst einmal besucht hatte.

Und da war sie!

Cleos Herz bebte. Sie rieb unruhig über ihre Finger.

Die Kugel!

Wie konnte eine simple Kugel ein Herz nur so springen lassen!?

Limone Sul Garda!

Die Kugel, die in den Abenden ihrer Erinnerung so schön bunt beleuchtet gewesen war, begrüßte sie neben dem Schriftzug ihres Urlaubsortes.

Urlaub?

Zugleich fiel ihr Blick auf das mächtige Bergmassiv, das Limone umgab und schon damals so beeindruckend auf sie gewirkt hatte.

Und plötzlich war alles wieder da, was sie mit wehendem Freiheitsschleier abgewehrt hatte – Greg!

Bilder strömten durch ihren Kopf und sie war aufs Neue mittendrin in dem, was sie verdrängen wollte.

Schmerzhaft biss sie die Zähne zusammen, während ihre Finger sich in ihre Oberschenkel bohrten.

Greg hatte Italien damals zu seinem Land gemacht. Er hatte nicht nur darüber entschieden, wohin ihre Ausflüge gingen, sondern auch darüber, wie lange sie zu dauern hatten und wie ihre kulinarische Untermalung auszusehen hatte. Cleo war immer nur das hübsch aussehende Zubehör gewesen, dessen Meinung nicht zählte. Und vor allem hatte Greg kein Auge für all die Schönheit im Kleinen gehabt. Cleo hingegen liebte die Details und handelte es sich dabei auch nur um liebevoll dekorierte Schaufensterauslagen. Er liebte stets das Große, ob nun hier oder in ihrem gemeinsamen Leben. Und obwohl er wusste, dass Cleo an Höhenangst litt, hatte er für ihren gemeinsamen Liebesurlaub das höchste Berghotel mit der gefährlichsten Auffahrt gewählt. Nie wieder wollte Cleo das erleben! Und in diesem Versprechen lag viel mehr als nur die unschöne Erinnerung an einen Urlaub, der niemals zurückkehren sollte.

Selbstbestimmung! Freiheit!

Cleo wollte ihren Schleier gedanklich zurückholen und sich darin einhüllen. Doch die Erinnerung an ihr Trauma war viel zu frisch und viel zu nah, als dass sie die Fetzen in ihrem Kopf verdrängen konnte.

So dicht, wie der prachtvolle Felsen nun vor ihr lag, so nah waren die Bilder und Worte, die sie nun einholten.

„Greg, ich habe eine besondere Überraschung für dich", flüsterte Cleo immer wieder vor sich her, während der Fahrstuhl sie in den dritten Stock hinaufbrachte. Ihre Hände zitterten nervös. Sie trug das schwarze kurze Kleid, in dem sie aussah wie die Business-Lady, die sie bald werden würde. Die Zeit als No-Name-Sekretärin hatte bald ein Ende. Greg und sie waren bald nicht mehr nur privat das absolute Dreamteam. Sie würde Greg in die Geschäftsführung der Firma ihres Vaters folgen. Alleine konnten sie jeweils

viel erreichen, aber zusammen waren sie einfach unschlagbar. Cleo und Greg waren vorausschauende Planer und surften stets gekonnt auf der gleichen Welle, was sicher von Vorteil für ihre Geschäftsbeziehungen war. Manchmal glaubte Cleo sogar, Gregs Gedanken im Voraus zu kennen. Und nun: Geschäftsführung!

Cleo schob die Worte ihrer Mutter im Kopf beiseite, die sich all die Jahre eingebrannt hatten: „Greg benutzt dich nur, um über Papa an die Firma zu kommen."

Nein!

Das stimmte nicht. Greg war der perfekte Geschäftsführer. Er konnte gut reden und dadurch jeden von seinem Standpunkt überzeugen. Sein Charme war der Grund dafür, warum er die Position bekommen hatte. Und nur deswegen.

Cleo warf ihrem Spiegelbild das schönste Lächeln zu. Verführerisch strich sie sich über die roten Lippen. Sie hatte lange keinen Lipgloss mehr aufgelegt, aber heute war ein besonderer Tag. An ihrem ersten Urlaubstag würde sie Greg zu einer ganz romantischen und sinnlichen Mittagspause einladen.

Sie warf ihr langes Haar zurück, das sich rotblond auf ihrem Rücken wellte.

Der Picknickkorb in ihrer Hand wurde immer schwerer, je mehr die Aufregung wuchs. Wie würde Greg wohl reagieren? So bestimmend kannte er seine Cleo schließlich nicht.

Der Fahrstuhl hielt. Die Türen öffneten sich und fast hätten die hohen Absätze ihrer Pumps alles zunichtegemacht. Ihre Lieblingssandalen wären ihr jetzt lieber gewesen. Aber für den besonderen Augenblick wollte

Cleo natürlich edel und in sexy Schuhen erscheinen. Allerdings gelang das elegante Auftreten nicht ganz so stilvoll wie geplant und Cleo fühlte sich eher, als ginge sie auf Stelzen. Mit ein bisschen Konzentration würde es doch bestimmt besser gehen und vor allem leiser! Dieses laute Klackern auf den Fliesen im Flur war nämlich ganz schön verräterisch. Lächelnd und selbstbewusst marschierte sie auf das Büro des Geschäftsführers zu – Gregs Büro.

Sie legte ihre Hand auf die Klinke und schluckte noch einmal schwer. Aufregung war ein mächtiges Ding. Cleo lachte in sich hinein.

Sie öffnete die Tür.

Was?

Nein!

Wie?!

Mit einem Knall landete der Picknickkorb auf den Fliesen. Cleos Mund stand offen.

Auf dem Tisch!

Greg!

Und eine Frau!

Auf dem Schreibtisch!

Cleos Herzschlag setzte aus. Hitze schoss in ihr Gesicht. Diese Pose war eindeutig. Die Dame in Lila stellte alles zur Schau. Was waren Cleo, ihre Liebe und ihr dummer Picknickkorb gegen das Geschenk, das dieses Schreibtisch-Luder ihm da bot?! Einen Quickie und das in verdammt unpassender Umgebung! Und Greg war bereit, das Geschenk anzunehmen. Er war voll dabei. Ganz eindeutig! Blonde Haare! Unmenge an Make-up! Ein viel zu weit ausgestelltes Dekolleté!

Der Pferdeschwanz der verhassten Schönheit wippte noch, als Greg Cleos Anwesenheit bemerkte. Verlogener Arsch!

Zuckersüße Überraschung? Fehlalarm!

Schau mich ruhig so entsetzt an, du verdammter Mistkerl!

Sein Gesicht glühte hochrot und mit Sicherheit nicht nur wegen seiner sportlich-intimen Aktivität. Schweiß trat auf seine Stirn und auf seinem halb geöffneten wei-ßen Hemd zeichneten sich deutlich Flecken ab.

Cleo starrte noch immer auf den weit geöffneten Aus-schnitt der Frau in Lila. Heftig sah sie den lila Diaman-ten ihrer Kette durch ihren erhitzten Herzschlag beben.

„Cleo! Warte!"

Doch es war längst zu spät. Cleo überwand ihre Starre und stieß einen entsetzten Schrei aus, während ihr Teint eine blasse Farbe annahm. „Ahhhh!"

Sie kehrte um.

Sie rannte.

Planlos.

Einfach weg.

Dorthin.

Zum Ausgang.

Natürlich.

Schneller.

Nur weg!

Der Ausgang!

Irgendetwas zerbrach in Cleo. Dreamteam! *Greg und Cleo. Hand in Hand, zusammen stark.* Von wegen stark! *Cleo biss sich auf die Lippe und sie wusste nicht, ob gerade der Schmerz überwog oder die Wut. Sie* ballte die Hände zu Fäusten. Reine, anständige Unternehmerweste, glückliche Beziehung! Sie verzog mürrisch den Mund.

Und plötzlich fühlte sie sich als Fremde im Unternehmen ihres eigenen Vaters. Warum? Weil dort oben Dinge vor sich gingen, über die sie keine Macht hatte?

Cleos Gedanken stürmten durcheinander. Gedanklich sah sie sich in Gregs Arm in ihrem gemeinsamen Bett: „Kannst du wieder nicht schlafen? Komm, ich helfe dir dabei ein paar Schäfchen zu zählen!"

Dieser Satz von Greg drang in ihren Kopf und sie schüttelte ihn angewidert. Denn natürlich wollte er damals keine Schäfchen zählen. Und das tat er im Moment erst recht nicht!

Die frische Luft, die Cleo vor dem Gebäude entgegen wehte, stoppte das Gedankenkarussell nicht. Er war doch ihr Greg und sie seine Cleo!

Verdammter Mistkerl!

Warum hatte sie ihm nicht all die Vorwürfe an den Kopf geworfen, die ihr nun in den Sinn kamen?

Jämmerlicher Betrüger!

Ihr wurde übel beim Gedanken daran, wie Greg sie berührt hatte. Nun tat er mehr als das bei einer anderen Frau.

Wer war eigentlich diese Frau in Lila? Etwa die Studentin, die in der Buchhaltung aushalf? Cleo war sich fast sicher, sie schon einmal gesehen zu haben. Cleo war fünfundzwanzig Jahre alt. Die Blondine sah wesentlich jünger aus, auch wenn sie sich reifer angeboten hatte, wenn man unter *reifer* verstand, sich auf der Tischplatte zu präsentieren.

Reifer?! Nein! Verdammt unreif! Falsch! Billig!

Cleo hatte keine Sekunde gezögert, hatte ihren Koffer gepackt und die gemeinsame Wohnung verlassen. Zahlreiche Bewerbungen um einen neuen Job waren in den virtuellen Briefkästen verschiedener Unternehmen gelandet, damit sie bald nicht mehr Seite an Seite mit Greg im Familienbetrieb arbeiten musste. Lieber wagte sie irgendwo einen Neustart, als ihrem Vater erklären zu müssen, warum plötzlich Distanz und Kühle zwischen ihr und Greg herrschte. Traumpaar ade!

Ihr Vater hielt verdammt viel von Greg, dem Boss mit Charme. Cleo wollte keine Auseinandersetzungen, nicht mit ihrem Vater und auch nicht mit Greg, der bei Offenbarung der Wahrheit ihrem Vater gegenüber vermutlich sofort seinen Top-Posten verlieren würde. Wahrscheinlich würde Greg seinen Seitensprung sogar herunterspielen. Hatte Cleo vielleicht sogar Angst davor, dann wieder schwach zu werden?

Verdammt, Cleo! Nein!

Würde ihr Vater ihr womöglich sogar unterstellen, sie hätte etwas fehlinterpretiert?

Nein!

Keine Fehlinterpretation konnte das schönreden, was sie gesehen hatte: Greg in Aktion!

Das Auto fuhr langsamer. Der Fahrer nickte Cleo im Rückspiegel zu und nun sah Cleo ihr Ziel. Das Hotel Limone wartete auf ihre Ankunft.

„Limone ist ein wunderschöner Ort. An jeder Straßenecke gibt es etwas zu entdecken. Wir haben sogar ein kleines Museum, das sich der Salami widmet", sagte der dunkelhaarige Mann.

„Wirklich? Ein Wurstmuseum?", fiel Cleo in sein Lachen ein.

„Ich gebe zu, es gibt schönere Touristenattraktionen", fügte er hinzu und schenkte Cleo ein amüsiertes Augenzwinkern. Cleo holte entspannt Luft und ließ sich tiefer in den Rücksitz sinken. Das nette Witzeln während ihrer Anreise ließ doch tatsächlich das traumatische Erlebnis weit weg erscheinen. Sie bogen in eine Auffahrt ein und rollten auf einen Parkplatz.

Als Cleo nun auf die gelbe Fassade des kleinen Hotels mit dem Bergpanorama im Hintergrund schaute, fühlte es sich an, als streifte sie die Vergangenheit gänzlich ab.

Italien! Sie würde Italien zu ihrem Urlaubsland machen.

Ihr Blick wanderte über die kleinen nostalgischen Balkone ihrer Unterkunft und gedanklich malte sie mit ihren Fingern die Buchstaben der Hotelreklame nach.

„Limone", flüsterte sie leise und der Fahrer lachte über ihre Begeisterung, die sich in einem glücklichen Strahlen zeigte.

„Wir sind da."

Ein leichter, warmer Wind bewegte das Grün der Zypressen neben dem Parkplatz, während einige Touristen ihr Gepäck zur Abreise in einen anderen Wagen luden.

Cleo hatte keine Ahnung, was nach diesem Urlaub auf sie warten würde. Aber sie wusste, sie würde dieses traumatische Erlebnis nicht zu dessen Höhepunkt machen.

„Wenn Sie sich mal wieder eine nette Unterhaltung wünschen, rufen Sie gerne nach Bijo. Und wenn Sie nur ein Taxi brauchen, natürlich auch."

Er half ihr hinaus, indem er ihr die Autotür aufhielt und ihr die Hand reichte.

„Gerne", sagte Cleo und nickte zustimmend.

Die Sonne schlug ihr sofort entgegen und brannte angenehm auf ihren Armen. Fast erschien es Cleo, als könnte sie bereits das Wasser des Gardasees riechen. Wie ein kleines Kind streckte sie sich. Da war es, azurblau und unendlich schön: das Wasser ihres Herzens – der Gardasee!

Zwei Hotelangestellte diskutierten angeregt vor herrlich bunt bepflanzten Blumenkübeln neben dem Eingang.

Cleo lauschte der fremden Sprache. Sie war eine Wohltat für ihre geschundene Seele. Ihr Leben wollte wieder gelebt werden und das ohne Greg. Doch würde Papa ihr verzeihen, wenn sie die Firma verließe?

„Ich bin hier", sprach Cleo zu sich selbst und rief damit ihr euphorisches Lächeln zurück. Greg und diese zerreißenden Erinnerungen hatten keine Macht mehr über sie. Hier waren ihre Antennen auf Freiheit und Wohlfühlen eingestellt.

Während sie nervös ihre Hotelreservierung aus der Handtasche zog, tippelte sie mit ihrem Fuß unruhig auf den Platten auf und ab, die mosaikartig angeordnet waren.

Ein Selfie für Greg wäre jetzt nicht schlecht, dachte sie und schmunzelte in sich hinein. Vielleicht schaffte sie es damit tatsächlich, ihren Groll und ihre Verletzung für einen Augenblick zu überwinden.

„Grazie!" Danke! Sie gab Bijo ein großzügiges Trinkgeld für die herzliche Unterhaltung und die lebhafte und doch sichere Fahrt auf Italiens kurvenreichen Straßen.

„Prego!" Gern geschehen!

Der freundliche Fahrer stellte Cleos Koffer vor den Hoteleingang.

„Einen schönen Urlaub, Signora!"

Cleo hätte ihn drücken können.

Flugs verabschiedete er sich und schüttelte noch lächelnd über Cleo den Kopf, als er wendete. Cleos entzücktes Gesicht beim Anblick der Umgebung musste wohl göttlich gewesen sein.

Ehrfürchtig wandte sie sich dem Eingang zu und sah nach oben. Zwei Etagen. Genau die richtige Unterkunft für sie. Nicht zu groß, um sich zu verlaufen und wie die bunten Blumenornamente auf der Schwingtür vermuten ließen, bestimmt mit viel Liebe zum Detail eingerichtet. Wie sprang ihr Herz!

Noch nie war sie allein verreist.

Sie begrüßte mit einem Kopfnicken die beiden Männer, die soeben noch in ihr Gespräch vertieft waren und erntete ein Lächeln.

Sie trat ein und sofort nahm sie einen Duft wahr, der den schnellen Rhythmus ihres Herzens noch verstärkte. Sie sog ihn ein wie eine Droge. Was war das nur?

Ihr Blick fiel auf die Gemälde an der Wand, die prächtige Zitronenbäume zeigten, die das Adrenalin in ihr toben ließen. Sie war tatsächlich allein nach Italien gereist und hatte alles hinter sich gelassen! Zumindest war sie voll und ganz dabei, das zu tun.

Wie sehr liebte sie den Duft der Zitronen! Sie erinnerte sich an die kleine Zitronenseife, die sie aus ihrem

Italienurlaub mitgenommen hatte. Zwei Jahre war sie damals mit Greg zusammen gewesen und Cleo hatte alle Überzeugungskünste anwenden müssen, um ihren Liebsten dazu zu bewegen, mit ihr doch mal fernab von Ost- oder Nordsee Urlaub zu machen. Aber ihrem Welpenblick hatte Greg damals nicht widerstehen können. Es war ein heißer Sommer gewesen, in dem sie sich nicht wie eine zwanzigjährige Erwachsene gefühlt hatte, sondern wie eine aufgedrehte Sechzehnjährige, die bereit war, mit Rucksack, Luft und Liebe die Welt gemeinsam mit ihrem Schatz zu entdecken. Sieben verschenkte Lebensjahre! Das verfluchte siebte Jahr, das jeder prophezeite, da sie ja ohnehin viel zu jung für so eine lange Bindung wäre? Nein! Es hätte ein Traumjahr werden sollen!

Cleo biss sich auf die Lippe. Tja, die Seife! Greg hatte sie achtlos in die Ecke geworfen, bis sie irgendwann spurlos verschwunden gewesen war. Cleos Finger verkrampften sich.

Und wenn sie erst an den schwachen Trieb des Olivenbäumchens dachte, den sie damals bei ihrem Spaziergang im Olivenhain mitgenommen hatten! Cleo hatte das kleine Zweiglein stets mit Wasser versorgt, auf der gesamten Rückfahrt getränkt und wollte zu Hause ein eigenes Bäumchen wachsen lassen. Es sollte ihr Baum werden, Cleos und Gregs Baum, ihr gemeinsamer.

Auch das Zweiglein war irgendwann verschwunden gewesen.

Schnell schüttelte Cleo die Gedanken ab. Sie wollte sie nicht mehr.

Lächelnd schritt sie auf die Frau an der Rezeption zu. Sie war vielleicht Mitte Fünfzig, trug ihre Haare zu einem Dutt hochgesteckt und ließ ihre Brille an einer Kette baumeln. Der Vorraum wirkte schlicht und doch harmonisch. Er war nicht sehr groß und man konnte alles überblicken. Es gab eine kleine Sitzecke. Die roten Sitzkissen passten perfekt zu den orangefarbenen Vorhängen, die die Farben eines Sonnenuntergangs widerspiegelten. Die bunten Ornamente von der Eingangstür wiederholten sich am Saum der Gardinen und zierten die Decke des Tisches vor der gemütlichen Couch.

Ehrfürchtig setzte Cleo ihre Füße auf die dunklen Holzdielen und schritt auf den Empfangstresen zu, der sich durch goldene Randleisten abhob.

Mit einem breiten Lächeln bewunderte Cleo die vielen kleinen Kunsthandwerke, die neben einer goldenen Klingel aufgereiht waren. Sie entdeckte einen Fischer, geschnitzt aus Holz und einen Jungen unter einem Olivenbaum, der liebevoll eine Olive prüfte. Cleo atmete tief ein.

„Willkommen Signorina!“ Willkommen Fräulein!

Die nette Dame hatte einen lieblichen Dialekt und doch klang ihr Willkommensgruß nach Wiederankommen, hatte sich Cleo doch damals schon in die italienische Sprache und deren Klang verliebt.

„Guten Tag. Ich bin Cleo Patterson. Ich habe für diese Woche ein Zimmer reserviert.“

Ihr Gegenüber lächelte gütig. Ob sie die Urheberin der kleinen Kunstwerke war?

„Ein Einzelzimmer?“, fragte sie prüfend und blätterte in ihren Unterlagen. Ihr Deutsch war nicht perfekt und klang etwas brüchig, aber Cleo verstand sie gut und war froh darüber, sich in ihrer Landessprache verständigen zu können.

„Ja“, sagte Cleo und nickte. Ihrem erhobenen Kopf war ihr Stolz anzusehen.

„Sagen Sie mir bitte noch einmal den Namen?“

„Patterson.“

Cleo wurde nervös. Sie lugte über den Tresen in das Reservierungsbuch. Sie konnte ihren Namen nicht finden.

„Es tut mir leid, Signora. Für Patterson habe ich keine Reservierung.“

„Aber das kann nicht sein. Ich habe sie doch hier.“

Hastig zog Cleo ihre Buchungsbestätigung aus der Klarsichtfolie.

Die nette Rezeptionistin runzelte die Stirn, während sie akribisch in ihre Unterlagen schaute und sich anschließend dem PC zuwandte.

„Ich schaue einmal nach“, erklärte sie.

Cleo hielt die Luft an. Sie war bereits in Italien. Es konnte doch nicht sein, dass sie nun kein Zimmer hatte. Es war Hauptreisezeit!

„Es tut mir leid, Signora Patterson. Aber Ihre Buchung ist storniert worden.“

Cleo schoss die Röte ins Gesicht. Sie biss sich auf die Lippe.

„Aber ich habe sie nicht storniert.“

Die Dame drehte den Bildschirm und deutete mit dem Finger auf einen Schriftzug. Storniert! Wie konnte das sein?

Cleo begann zu schwitzen. Irgendetwas lief hier mächtig schief. „Die Buchung ist am zwölften August storniert worden.“

In Cleos Kopf ratterte es. Konnte es sein, dass Greg Zugriff auf ihre Buchung hatte? Wusste er, wo sie war?

Verflucht!

Gregs Rechner, der Verlauf, gespeicherte Passwörter!

Die pure Wut flammte in Cleo auf.

„Aber ich kann Sie beruhigen, Signora. Wir bekommen das noch hin mit einem Zimmer."

Cleo atmete auf. Aber das panische Fieber blieb. Hatte wirklich Greg hier seine Finger mit im Spiel?

Hinter ihr betrat jemand das Hotel. Cleo drehte sich um. Es war einer der Männer, die sich draußen unterhalten hatten. Er nickte Cleo noch einmal höflich zu und trat neben die Frau hinter der Rezeption. Sein Blick fiel auf die Unterlagen mit den Reservierungen. Er sagte etwas auf Italienisch zu Cleos Gesprächspartnerin. Ob sie die Chefin war und er ein Angestellter? Ging es um ihre Buchung?

Hätte sie doch bloß längst einen Sprachkurs belegt!

„Alles gut. Wir haben also ein Zimmer", wurde Cleo beruhigt. „Ohne Seeblick, aber trotzdem richtig schön und ruhig. Kommen Sie mit!"

Nie hatte Cleo sich erleichterter gefühlt. Laut stieß sie die angehaltene Luft aus. Die freundliche Dame lächelte und wies die Treppe hinauf. Mit einem Kopfnicken deutete sie dem Mann wohl an, dass er sich um die Rezeption kümmern sollte. Nun bemerkte Cleo die bunte Schürze, die sie trug. Sehr ungewöhnlich und speziell. Cleo schmunzelte. Die altmodische Kleidung ließ sie auf einen Familienbetrieb schließen, in der vielleicht alle in der Küche mit anpackten.

Neugierig darauf, ihr Hotel und ihr Zimmer zu erkunden, folgte Cleo ihr. „Kommen Sie!", bat sie und legte ihre Hand auf Cleos Rollkoffer.

„Nein, das geht schon. Danke", gab sie schnell zurück.

„Wir müssen aber die Treppe hinauf."

Cleo nickte. „Das schaffe ich", sagte Cleo zurückhaltend und fast beschämt über dieses Angebot, schließlich war sie ja wesentlich jünger und rüstiger.

Und wieder hätte Cleo sie für ihre Güte und Höflichkeit drücken können.

Scheinbar betraten sie nun den Teil des Hotels, der mehr Flair bereithielt. Die Stufen zu Cleos Füßen waren aus edlem, dunklem Holz. Seeblick hin oder her, sie war hier und je höher sie stiegen, desto mehr roch Cleo den Duft des Neuanfangs.

Da war sie wieder, die geliebte Nostalgie! Und so zog Cleo ihren Koffer über einen antiken bunten Teppich, während sie sich von Malereien blenden ließ, die ihr Italien in all seiner Schönheit zeigten.

Vor dem deckenhohen Flurfenster hielt sie an. Der Gardasee! Da war er, mit all seiner Pracht! In der Ferne konnte Cleo ein Segelboot erkennen. Wie brannte sie darauf, durch die kleinen Gässchen von Limone zu schlendern.

Ihr Hotel hieß wie ihr liebster Urlaubsort: Limone Sul Garda. Und Limone war ein absoluter Geheimtipp. Der kleine Ort an der Küstenstraße Italiens hatte wenige schmale Gässchen, aber dafür umso mehr lauschige Cafés, kleine Bummelläden mit neckischen Kleinigkeiten und vor allem: Der Gardasee war direkt vor der Tür.

Und einen Vorteil hatte ihr Herzensort auch noch: Man musste keine riskanten Bergauffahrten hinter sich bringen, um ihn zu erreichen.

Direkt am Wasser reihte sich ein Hotel an das andere. Aber Cleo war mit ihrer Auswahl zufrieden. Sie wollte in keinem modernen Bauklotz residieren. Mit Geranien bepflanzte Balkonkästen waren ihr viel lieber.

Und wieder nahm sie den Duft wahr, der sie schon in der Lobby so süß gefangen genommen hatte.

„Wunderschön!", schwärmte sie beim Blick auf das Wasser, in dem sich das Sonnenlicht brach, das Cleo blendete.

„Italien ist wunderschön", bestätigte die Frau ihr.

Sie bogen rechts ein und passierten drei Zimmer, an deren Ende es auf die Rückseite des Hotels ging. Von hier aus konnte man auf den Parkplatz hinunterschauen. Weitere Gäste reisten gerade an.

„Dieses ist Ihr Zimmer."

Cleo stoppte und schaute zu, wie die Rezeptionistin einen goldenen Schlüssel in das Schlüsselloch steckte.

Schlüssel! Schlüssel haben viel mehr Flair als Schlüsselkarten! Cleo lächelte verschmitzt.

Die Hotelangestellte schritt voran und öffnete das Fenster, das dem auf dem Flur in nichts nachstand. Die hoch gewachsenen Pflanzen dort unten begrüßten Cleo.

"Es ist ein schönes Zimmer und ruhig gelegen", erklärte die Frau.

„Es ist wirklich wunderschön", stieß Cleo freudig aus und widerstand der Versuchung, sich herzhaft strecken zu wollen. Sie drehte sich und schaute auf das antik anmutende Doppelbett, den liebevoll mit Schnitzereien verzierten Schreibtisch und den roten Sessel, der dem Teppich im Flur ähnelte und so sehr zum darin Versinken einlud. Instinktiv trat Cleo an das Fenster. Dieser Duft hüllte sie ein. Sie blickte hinunter auf runde Tische, die im hoteleigenen Restaurant zum geselligen Essen einluden.

„Das Frühstück servieren wir Ihnen von sieben Uhr bis zehn Uhr in unserem Restaurant oder auf der Terrasse. Das Abendessen können Sie auch im Restaurant einnehmen. Geben Sie mir gerne Bescheid, falls bei Ihnen Lebensmittelallergien vorliegen. Wir finden dann sicher einen Ersatz für Sie. Wenn Sie sonst noch etwas brauchen, kommen Sie gerne auf mich zu. Wasserkocher, Steckdosenadapter für Ihr Ladegerät, wir haben alles da.

„Gerne", sagte Cleo erleichtert und langsam auch etwas erschöpft. Die Anreise mit Bahn, Bus und Taxi war doch auch anstrengend gewesen. Aber gegen das Vergessen war alles gut.

„Ich wünsche Ihnen einen schönen Aufenthalt bei uns."

„Danke."

Die Angestellte nickte freundlich und verließ das Zimmer.

Cleo jubelte. Freude! Sie spürte die Freiheit.

„Ich habe es getan! Ich bin hier! Allein!"

Sie nickte sich im Spiegel zu, der in einen ebenso verzierten Wandschrank eingelassen war. Einen kurzen Moment lang stellte sie sich vor, Greg würde sie da aus der Glasscheibe heraus ansehen. Als wäre er leibhaftig da, hob sie ihr Kinn und lächelte mit viel Sarkasmus.

Tja Greg, du bist Vergangenheit und ich bin hier. Italien!

„Willkommen in deinem Italien!" Sie atmete genussvoll. „Mein Italien! Ich mache dich wieder zu meinem Italien!"

Und nun entdeckte sie, woher der Duft kam, der in ihr so eine Wohlfühlstimmung hervorrief. Ein großer Strauß Lavendel stand auf dem Tisch neben dem Bett.

Cleo beugte sich darüber und sog den Geruch ein. Doch dann hörte sie ein unliebsames Geräusch. Ihr Handy piepte. Sie hatte kein gutes Gefühl. Sie zog es aus der Tasche und las die SMS. Fassungslos ließ sie das Telefon sinken.

2. Insel oder Halbinsel?

Nein!

Da war es wieder: Wie ein Dolch durchdrang die Nachricht den zarten Schleier, in dem sie sich geborgen geglaubt hatte – und genau das schürte ihre Wut.

Ich hoffe, dir hat meine Überraschung gefallen. Komm gefälligst dahin zurück, wo du hingehörst! Sonst passiert vielleicht noch etwas.

Cleo warf ihre Handtasche mit so einer Wucht auf den Boden, dass die dünnen orangefarbenen Vorhänge links und rechts von ihrem Fenster kurz hochflatterten.

Was bildete sich Greg überhaupt ein? Drohte er ihr?

Es war ganz klar, was er mit der Überraschung meinte.

„Nein! So nicht mein Freund! Ich habe mein Zimmer und du wirst es mir nicht nehmen."

Entschlossen nahm sie ihr Telefon wieder in die Hand. „Aus! Ich muss für niemanden mehr erreichbar sein."

Das tat gut. Und mit der Stille, die nun im Raum herrschte, ließ Cleo sich wieder ganz und gar darauf ein, ihre Sinne zu entfalten. Sie roch den Lavendel, sie spürte eine leichte Brise durch das Grün der Zypressen zu sich herüberwehen und hörte ein schnulziges italienisches Lied, das von unten durch ihr Fenster hereindrang, wie die Sonne, die ihre Arme kitzelte.

Die Aufregung und die süße Sucht nach Limone Sul Garda kehrten zurück. Die kleinen romantischen Gassen warteten auf sie.

Doch zunächst ließ Cleo die Musik auf sich wirken. Sie öffnete das Fenster ein Stück weiter und schaute hinunter zu den Tischen, die so liebevoll mit kleinen Sträußen und fantasievoll gefalteten Servietten dekoriert waren. Wer brauchte schon einen Balkon? Sie hatte alles, was sie wollte.

Krach!

Lautes Klirren störte die Harmonie des Augenblicks.

Neugierig beugte Cleo sich vor. Ein Kellner hatte beim Eindecken einen großen Stapel Geschirr zerdeppert. Er schaute sich um wie ein Kleinkind, das gerade heimlich an eine Torte gegangen war und sie dabei leider zum Einsturz gebracht hatte. Es war ihm wohl peinlich, dass das Service zu Bruch gegangen war.

Cleo hörte sein lautes Aufatmen, als er bemerkte, dass er allein war. Sie lachte. Der Kellner schaute zu Cleo auf, die seinen ertappten Blick mit einem Grinsen beantwortete.

Sein schwarzes Haar schien sich an den Enden zu wellen wie Cleos, und obwohl zwischen ihnen einige Meter Entfernung lagen, konnte sie seine dunklen Augen erkennen. Ob er Italiener war? Er passte in seiner schwarzen edlen Hose und dem weißen Hemd perfekt in diese Urlaubsszenerie.

Er lachte. Cleo nickte aufgeregt, denn er schenkte ihr seine ganze Aufmerksamkeit und das mit einem Lächeln, das ihr für einen Augenblick den Atem raubte. Er hob die Schultern, übernahm ihr Schmunzeln und legte dann verschwörerisch seinen Finger auf seine Lippen.

Cleo imitierte seine Geste zustimmend.

„Ich schweige wie ein Grab", rief sie herunter. Doch der tollpatschige Kellner wandte sich prompt ab und begann das Scherbenmalheur zu beseitigen.

Jetzt sah Cleo, warum. Die alte Dame von der Rezeption tauchte hinter ihm auf. Cleo versteckte sich hinter dem Vorhang.

Sofort wurde es laut. Die Dame schnatterte und obwohl Cleo die fremde Sprache nicht verstand, konnte sie am barschen Tonfall erkennen, dass der hübsche Kellner gerade seinen Tadel empfing. Cleo streckte sich. Sie beobachtete wilde Gesten. Temperament hatten die Italiener ja. Der Kellner lächelte jedoch selig und schien die gute Frau aufzuziehen. Cleo amüsierte sich über seinen Frohsinn.

Aber ging es da wirklich um das Geschirr? Die Rezeptionistin schenkte dem Scherbenhaufen keine Beachtung.

„O weh, der arme Kellner!"

Sie hätte ihm gern geholfen als Dankeschön für den flüchtigen lustigen und befreienden Moment.

Doch nun wartete Limone auf sie.

Für gewöhnlich war Cleo ein Mensch, der zunächst den Kofferinhalt auspackte und sich häuslich einrichtete, aber heute war alles anders. Sie schob ihr Gepäck ungeöffnet auf das Bett und griff nach ihrem goldenen

Schlüssel. Dieses kleine Glück, das Halten des eigenen Zimmerschlüssels, konnte so bedeutend sein.

Rasch verließ Cleo ihr Zimmer, wischte sich den Schweiß von der Stirn und trippelte die Treppe herunter.

Ihre Füße fühlten sich nach der langen Fahrt an, als wären sie doppelt so groß. Aber als sie das Hotel verließ und um es herum schritt, entschädigte sie das für ihre qualmenden Zehen.

Sie schlenderte einen mit Palmen gesäumten Pfad entlang und schon war sie mittendrin in dem Bild, das sich damals so ergreifend in ihr Herz eingebrannt hatte.

Da waren die vielen kleinen Boutiquen und Krämerläden, die kunterbunten Blumen, die Palmen, der mächtige Felsen, die zahlreichen nostalgischen Fischerboote, die aussahen, wie aus einem alten Film. Und da war er: der Gardasee!

Cleo atmete langsam und tief ein, wohingegen ihr Herz aufgeregt und schnell klopfte.

Das Wasser des Sees bewegte sich sanft.

Es war voll auf dem Platz, den auch die Touristen liebten. Einen flüchtigen Moment lang dachte Cleo noch einmal an die Worte in der SMS.

„Bevor etwas passiert", flüsterte sie vor sich hin und ihre Stirn legte sich in Falten.

„O Entschuldigung." Im Strom der Besucher rempelte sie ein Fremder an.

„K-Kein Problem", stotterte Cleo. Fast dachte sie, es wäre der tollpatschige Kellner gewesen. Aber er war es nicht, wenn er ihm auch sehr ähnelte. Sie grinste.

„Ich kann schweigen wie ein Grab", sagte sie kaum hörbar.

Ihr Lächeln kehrte zurück, während sie den Anblick des Bergsee-Panoramas genoss und die Seeluft inhalierte.

He, da schwamm eine Schwanenfamilie neben einem der Fischerboote!

Cleo setzte sich auf eine der Bänke und sah zu, wie ein verliebtes Paar seinem Sohn dabei zusah, wie er den Schwänen ängstlich und dann überaus glücklich Brotstücke zuwarf.

Italien, meine Liebe!, dachte Cleo und ließ ihre Beine baumeln.

Die Sonne hatte ihren höchsten Stand längst verlassen. Es sah aus, als wollte sie in den See hineintauchen. Das Wasser funkelte wunderschön durch die Kraft ihrer letzten zarten Strahlen.

Das ist das Glück! Sie war nicht mehr dazu bereit, sich allem außerhalb ihrer kleinen Glücksoase zu widmen. Und dazu gehörte alles, was Greg betraf.

Ein fremdartiger Duft lag in der Luft. Er war anders als alles, was sie kannte, und nicht blumig. Cleo roch neugierig.

Man begann wohl in ihrem Restaurant bereits damit, das Essen für den Abend zuzubereiten.

Einen Augenblick noch verschnaufte Cleo, aber dann wollte sie sich endlich in die Straße ihrer Erinnerung begeben.

Und so folgte sie dem Strom, der langsam lichter wurde, da sich die meisten Gäste in den kleinen Bistros sammelten.

Nie hätte Cleo gedacht, dass ihre Ankunft hier ihr so eine Gelassenheit bezüglich des Geschehenen schenken würde.

Sie betrat die enge Gasse, zu deren Linken und Rechten sich ein Krämerladen an den anderen reihte. Die Häuser in Hellblau und Rosa, mal mit weißer Front, mal komplett bunt oder trist, zogen Cleo in ihren Bann. Bewundernd schaute sie auf die vielen alten Fensterläden, die hier den Läden so kunstvoll das Besondere gaben. An gusseisernen Balkonen hingen bunte Blumen, hier und da lag ein Teppich über dem Geländer. Die Straße stieg steil an. Cleo nahm alles auf, die fremde Sprache der Leute vor den Geschäften, die vielen Düfte und Farben. Es war wunderschön.

Doch eines hatte Cleo vergessen: das verdammte Kopfsteinpflaster!

Sie griente beim Blick auf ihre weißen Schuhe mit den hohen Absätzen und nickte ihrem Spiegelbild in einem der Schaufenster entschlossen zu.

Zu der neuen Cleo gehörte auch die Freiheit, alles zu tun, was sie wollte. Und so bückte sie sich und zog die nervigen, für dieses Gässchen untauglichen Pumps von ihren Füßen. Es war eine unglaubliche Erleichterung. Cleo fühlte die warmen Steine und streckte ihre müden Zehen.

Eine alte Dame vor einem Souvenirladen lachte über sie. Cleo nickte lächelnd.

Der Laden weckte ihr Interesse. Das war genau das, was sie für ihre Ankunft brauchte!

Da war sie! Ihre gelbe Seife, die so sehr nach den Zitronen von Limone roch. Die Seife sollte ihr persönlicher Taschenaltar werden, ein Talisman, der sie auch nach ihrem Italienurlaub stets an dieses Freiheitsgefühl und ihre Selbstbestimmung erinnern sollte.

„Ciao!“

„Ciao!“, grüßte auch Cleo.

Die Dame freute sich über das Eintreten der jungen Touristin. Sofort stellte Cleo ihre Schuhe ab und griff nach ihrem Schatz. Der dünne Organza-Beutel mit den drei kleinen Zitronenseifen gehörte gleich ihr. Wie ein Kind, das ein lang ersehntes Weihnachtsgeschenk empfing, nahm sie das Beutelchen an sich und roch daran. Sie rieb mit ihren Fingern über die Seife und sog die lieblich duftende Note nach Zitronen ein. Das war er! Der lang vermisste Duft, den sie damals mitgenommen hatte und bewahren wollte.

„Den nehme ich, bitte“, sagte sie prompt und gab der Frau die auf dem Etikett angegebenen Wert an Münzen.

„Grazie.“

„Gerne“, gab Cleo prompt zurück und strahlte. Mehr brauchte sie erstmal nicht, um glücklich zu sein. Sie empfing den gütigen und zufriedenen Blick der Verkäuferin. Alle waren herzlich hier. Sie steckte ihre Seifen in ihre Handtasche.

„Einen schönen Abend noch“, sagte Cleo und war sich sicher, dass die freundliche Verkäuferin sie verstanden hatte.

„Anche tu!“ Dir auch!

Cleo nickte und kicherte, auch wenn sie nicht wusste, was das hieß.

Ein buntes Windspiel klirrte sanft, als sie den Laden verließ. In der Gasse ihres Herzens gab es noch so viel zu entdecken. Und schon fiel Cleos Blick auf ein winziges Geschäft, in dessen Auslage Räucherstäbchen und Kerzen lagen. Greg hatte dieses Räucherwerk immer gehasst.

Wenn das mal nicht eine Überlegung wert war! Cleo betrat zielstrebig den unscheinbaren Laden.

Eine schillernde Glocke verriet ihre Ankunft.

Ein älterer Herr schaute neugierig aus einem Hinterzimmer hervor, zog sich dann aber wieder zurück. So konnte Cleo ungestört den Laden erkunden. Sie mochte aufdringliche Verkäufer nicht.

Aufgeregt fuhren ihre Finger über die vielen Packungen an Räucherware, die auf einem Wühltisch lagen.

So viele Sorten.

Vor langer Zeit hatte sie Räucherwerk geliebt. Man könnte sagen, da war sie noch jung gewesen. Cleo lächelte. Jung war sie noch immer, aber die Zeiten von Opium und Moschus waren vorbei. Cleo wollte etwas Passendes. Und so wanderten ihre Finger weiter und griffen nach der Packung in zartem Flieder.

Lavendel und Minze. *Na, wenn das keine gute Mischung ist.*

Der Verkäufer kehrte wieder aus seinem Hinterzimmer zurück und beobachtete Cleo.

„Die dürfen es sein?"

Sie nickte viel zu eifrig und dachte flüchtig darüber nach, ob sie gerade total kindisch wirkte. Es fühlte sich aber verdammt gut an.

„Ja, die nehme ich."

Cleo suchte in ihrem Portemonnaie nach der passenden Anzahl Münzen und rundete den Betrag glatt auf.

„Prego." Bitteschön.

„Grazie."

Cleo hätte gerne einen landestypischen Smalltalk gehalten. Sie musste unbedingt Italienisch lernen, irgendwann.

Auf der Straße roch es jetzt süßlich. Ein fahrender Verkäufer mit einem kleinen Rollwagen bescherte den schlendernden Touristen mit Zuckerwatte eine Gaumenfreude. Der Himmel hatte sich inzwischen orange verfärbt. Cleo versank für Sekunden in diesem Anblick. Die bunte Häuserkulisse gab darunter so ein schönes Bild ab.

Cleos Magen knurrte.

Sie schaute auf die Uhr. Es war gleich achtzehn Uhr. Sie hatte gar nicht danach gefragt, wie ihr Restaurant geöffnet hatte.

Morgen geht es weiter, dachte sie und machte sich auf den Rückweg.

Tatsächlich war sie in der Straße nur einige Meter vorangekommen, doch ihr Streifzug durch die Geschäfte hatte sich bisher ja gelohnt.

Als sie nun auf den Platz am Hafen zurückkehrte, sah alles aus wie perfekt für eine Postkarte gemalt. Die Sonne versank langsam in den schönsten warmen Tönen und färbte das Wasser. Cleo war gespannt auf ihr Restaurant.

Sie nickte der Dame an der Rezeption zu und fühlte sich bereits vollkommen zu Hause. Sie folgte der Beschilderung, linksherum und bis ans Ende des Hotels.

Nie hätte Cleo hier so einen großen und doch liebevoll eingerichteten Saal erwartet. Gehäkelte Deckchen zierten die Tische, überall standen frische Sträußchen. Doch noch viel mehr staunte Cleo, als sie nun durch den Raum hindurch nach draußen auf eine riesige Terrasse trat, auf der sich schon einige Gäste zum Dinner niedergelassen hatten. Von hier aus konnte man den ganzen See überblicken und hatte eine perfekte Sicht auf das Bergmassiv. Cleo sah einen großen Pool inmitten eines mit Palmen gesäumten Hinterhofs. Warum hatte sie all das von ihrem Zimmer aus nicht sehen können? Wahrscheinlich, weil es direkt an der Ecke lag.

„Buonasera Signorina!" Guten Abend, Fräulein!

Die sanfte Stimme erschreckte Cleo, als sie sich an einem Tisch neben dem Geländer niederließ.

Sofort färbten sich ihre Wangen rot.

Da war er, der Tollpatsch.

„Hallo", sagte Cleo leise.

Er reichte ihr die Karte. Aus der Nähe war sein Lächeln noch viel intensiver. Seine dunklen Augen schienen zu leuchten. Sein kurzes Haar war tatsächlich etwas gelockt. Seine weißen Zähne waren makellos.

O Cleo! Sie ertappte sich tatsächlich dabei, wie sie auf seine Zähne starrte! So etwas hatte sie ja noch nie gemacht.

Der Kellner grinste und bemerkte ihren verstörten Blick.

„Shy?"

Cleo runzelte die Stirn. Was meinte er? Chai Latte?

Cleo räusperte sich verlegen.

„Nein. Danke", gab sie prompt zurück. Die Anwesenheit des flotten Kellners, der sein weißes Hemd nun mit einer roten Weste geschmückt hatte, machte sie nervös.

Sie nahm ihm schnell die Karte ab. Flüchtig berührten sich ihre Hände.

„Doch, du shy“, wiederholte der Kellner.

Was bitte will er?

Er räusperte sich und versteckte sein Schmunzeln hinter seiner Hand, als müsste er husten.

„So heißt es doch, oder?“

Cleos Mund stand offen, während sie ihn rätselhaft ansah. Sie musste einen göttlichen Anblick abgeben.

Ihr Kellner verzog den Mund zu einem verschmitzten Lächeln und hob dabei die Schultern. Er ging.

Cleo schlug die Karte auf. Es ratterte in ihr. *Shy?*

Und plötzlich fiel es ihr ein. Shy war ein englisches Wort! Es bedeutete „schüchtern“.

Cleo spürte, wie ihre Wangen heiß zu brennen begannen.

O wie peinlich ist das denn? Er hält mich für schüchtern und jetzt sieht er sich darin bestätigt.

Sie drehte sich um. Ihre nette Bedienung stand am Nebentisch und nahm eine Bestellung auf.

Nein! Lacht er mich an oder aus?

Schnell schaute Cleo weg.

Ihr Herz raste von diesem Blickkontakt. Dass ihr Italien so schnell noch aufregender werden würde, hätte sie nicht gedacht.

Sie schaute flink auf die Karte und tat so normal wie möglich.

Ein Mozzarella-Tomaten-Salat als Vorspeise, da konnte man nichts falsch machen. Sie überlegte. Spaghetti mit Bolognesesauce des Landes? Sie malte sich aus, wie sie die langen Nudeln vergeblich auf ihre Gabel rollen und dann die gesamte Soße auf ihrem Kleid verteilen würde.

O nein! Lieber die Lasagne. Die ist handlicher, triumphierte sie stumm und drehte sich noch einmal um. Er war weg. Sie atmete auf und wischte sich ihre feuchten Hände an ihrem Kleidersaum ab.

Dort vor ihr lag der See. Sie verlor sich in diesem Bild, während sie der leisen italienischen Musik lauschte. Sie schloss die Augen. Heute war der Tag ihrer Sinne, sie hörte die lieblichen Klänge des italienischen Liedes, sie fühlte die sanfte warme Luft auf ihren nackten Armen, blickte auf den See und roch das köstliche Essen. Sie streckte sich und versuchte, auszuspähen, was da so süßlich duftend auf den Tellern der anderen Gäste an die Tische getragen wurde. Vermutlich waren es die vielen Gewürze, deren Duft ihre Nase kitzelte.

„Italien ist wunderschön."

Cleo schreckte hoch.

Da war er wieder.

„Ja, Italien ist eine atemberaubende Insel", stotterte Cleo.

Reiß dich doch mal am Riemen, Cleo!, rief sie sich stumm zu.

„Das ist nicht ganz richtig", feixte ihr adretter Kellner mit ihr. Seine Stimme klang sanft und rief gemeinsam mit seinem schelmischen Lächeln eine besondere Lebendigkeit in Cleo hervor.

„Italien ist eine Halbinsel."

„Ach so?"

Und wieder pulsierte es in Cleos Wangen. Sie hielt seinem Blick stand. Die Sekunden der Stille waren eine Ewigkeit, die Cleos Herz wild schlagen ließen.

„Und du bist doch shy", sagte er und hob dabei seine Brauen.

Cleo stellte sich stumm und streckte sich auf ihrem Stuhl, um größer zu wirken.

„Nein, ich bin Cleo."

Er nickte bedächtig und versuchte, den Blickkontakt noch einmal so intensiv werden zu lassen.

„Cleopatra", flüsterte er und legte wie am Nachmittag seinen Finger auf seine Lippen.

„Nein, einfach nur Cleo", gab sie prompt zurück und ihr Stottern kehrte zurück. Ihr Kellner lachte. Doch plötzlich störte etwas die Harmonie.

„Francesco, dovresti lavorare, non flirtare con gli ospiti." Du solltest arbeiten und nicht mit den Gästen flirten!

Cleo drehte sich um, als sie die laute Stimme hörte, die ihr bekannt vorkam. Es war die Frau, die sie so nett im Hotel in Empfang genommen hatte. Sie war dabei, schräg gegenüber einen Tisch auf der Terrasse einzudecken. Sie hatte wohl auch im Restaurant das Sagen, denn sie zeterte temperamentvoll und hob den Arm, als schimpfte sie Cleos Kellner aus und wollte ihn davon abhalten, ihr weiter lebhaft den Abend zu versüßen.

„Un po'di flirt rivitalizza lo spirito", witzelte der Kellner mit ihr. Ein kleiner Flirt belebt den Geist.

Er schenkte der Tadelnden ein freches Grinsen. Sie formte den Mund spitz, als wollte sie noch etwas sagen, doch stattdessen behielt sie Cleos Flirt im Auge und warf nur flüchtig einen Blick auf die anderen drei Kellner, die geschäftig Teller jonglierten, als hätten sie hunderte Male drei Gerichte auf einmal serviert.

Die sonst so herzliche Dame konnte also auch anders. Cleo biss sich auf die Lippe, als wäre sie schuld daran, dass er Kritik bekommen hatte. Aber er hatte es mit Humor weggesteckt.

„Valentina!", setzte er charmant hinzu, während er schon Gläser auf den Tisch nebenan stellte. Aus seinem Gesicht sprach immer noch der Schalk. „La serata é belle e fin troppo bella per ..." Der Abend ist viel zu schön für ...

Er brachte den Satz nicht zu Ende. Aber die Dame des Hauses zuckte mit den Schultern und lachte kopfschüttelnd.

Cleo runzelte die Stirn. Prompt schaute ihr Kellner wieder zu ihr. Sie schluckte nervös.

Francesco also!

Ihre süße Bedienung zwinkerte ihr zu und steuerte den nächsten Tisch an.

Luft holen, Cleo!

Die Rezeptionsdame drehte sich zufrieden lächelnd um und ging in das hauseigene Restaurant. Cleo sah ihr nach und beobachtete, wie einige Gäste an den Tischen am Fenster im Innenbereich Platz nahmen. Draußen war es doch so viel schöner!

Was hatte sie ihm an den Kopf geworfen? Hatte sie ihn gerade getadelt, wegen des kleinen Flirts?

War es überhaupt ein Flirt gewesen?

Cleo spielte aufgeregt am Armband ihrer Uhr. So kunterbunt war es in ihr drin schon lange nicht mehr gewesen.

„Natürlich ist Italien keine Insel", flüsterte sie vor sich hin.

Was war nur los mit ihr?

3. Spritzig und mit Gigolo

Cleo atmete tief durch. Die Luft war heute Abend noch mild und warm und trotzdem fühlte sie sich sonderbar erfrischt. Sie atmete entspannt und lange ein. Nie hätte sie gedacht, dass Italien sie so schnell vergessen lassen und ihr ihre Leichtigkeit zurückgeben könnte. Aber sonderbarerweise war es so. Sie streckte sich und hörte nur beiläufig auf die Gespräche der anderen Gäste. Es klirrten Gläser. Die Leute stießen fröhlich auf den Abend an und auch Cleo nippte nun gedankenverloren an ihrem Glas und drehte die Seife, die sie in dem Laden erstanden hatte.

„Einen Salat für Cleopatra!"

Die Stimme ließ Cleo zusammenfahren. Dann lachte sie etwas verklemmt. Ihr freundlicher Kellner war wieder da. Er lächelte sie aus dunklen Augen an.

„Nur Cleo", gab sie wieder zurück und er zwinkerte ihr zu. Doch prompt nahm er wieder seine vornehme Haltung ein und nickte ihr zu. Cleo verstand, seine tadelnde Beobachterin hatte ihn wieder im Blick.

Verträumt sah Cleo ihrem Kellner nach. Aber ihr Essen wartete. Ihr Tomatensalat füllte den ganzen Teller aus. Der Mozzarella wirkte viel fester als der, den sie aus Deutschland kannte. Minze und Basilikum dekorierten ihre Vorspeise. Sie nahm ein Minze-Blättchen und roch daran. Tief sog sie den Duft ein. Wunderbar!

Ihr Körper war jetzt ganz und gar auf Urlaub eingestellt. Sie nahm ihre Seife und legte sie an ihre Nase. So roch Italien! So roch die Freiheit!

„Cleopatra badete in Milch, nicht mit Zitronenseife."

Cleo drehte sich herum. Da war er ja schon wieder.

Haha!

Gekonnt füllte er Cleos Wasserglas auf. Sie griente verlegen. Ihre Wangen wurden heiß.

„Ich bin ja auch Cleo und nicht Cleopatra."

„Das sehe ich anders", gab er frech zurück, drehte sich zum Gehen um, zwinkerte Cleo aber noch einmal zu. Elegant balancierte er sein Tablett. Was für ein Mann! Er spielte mit Charme und er konnte es perfekt. Fast war Cleo enttäuscht, dass ein anderer Kellner ihr das Essen brachte.

„Dankeschön", stammelte sie, wo sie doch gedanklich noch gar nicht für den Hauptgang bereit war. Verstohlen schaute sie wieder zu dem, der sie zu Cleopatra machte.

Er konnte sich mit den vielen Tellern genauso galant bewegen, wie seine Kollegen und er sah dabei verdammt attraktiv aus. Der Dampf einer frischen Lasagne stieg zu Cleo auf.

„Buon appetito, Signorina!" Guten Appetit, Fräulein!

Cleo nickte. Ihr war etwas flau im Magen, aber angenehm flau. Schmetterlinge? Cleos Mundwinkel verzogen sich zu einem Lächeln. Tatsächlich Schmetterlinge?

Italien! Was machst du mit mir?!

Noch einmal drehte sie sich flüchtig um und tat, als wollte sie ihr Besteck richten. Aber natürlich wollte sie nur noch einmal einen Blick auf den äußerst witzigen

Kerl erhaschen. Er breitete gerade ein neues, weißes Tuch auf einem Tisch aus, den soeben ein Paar verlassen hatte.

Er drehte sich.

Prompt nahm Cleo ihre Gabel, während sie den anderen Gästen den Rücken zudrehte und den Anblick der Zypressen auf sich wirken ließ.

„Hui!" Sie hatte sich ein wenig die Zunge verbrannt, doch das, was da mit viel Käse und Bolognese auf sie wartete, schien sehr gut zu schmecken.

Am besten ablenken, wenn es mit dem Essen ohne Kleckern klappen soll. Cleo überlegte.

Was sollte sie morgen anstellen? Sie schlug ihre Beine unter dem Tisch lässig übereinander und unternahm nun einen neuen Versuch, den ersten Happen zu essen.

Köstlich! Cremig und lecker verbreitete sich der Geschmack in ihrem Mund. Bei ihrer Lasagne war mit vielen Kräutern gearbeitet worden. Sie sprach dem Koch ein stilles Lob aus und freute sich darauf, hier noch an vielen Abenden wahre Gaumenfreunden zu erleben.

Flüchtig blickte Cleo zur Seite. Wo steckte ihr höflicher Kellner denn nur?

Es war schon ein bisschen komisch, hier allein zu sitzen und die Harmonie des Abends zu genießen. Aber je länger Cleo auf der Terrasse verweilte, desto losgelöster wurde sie. Sie war die Herrin ihres Lebens und mit dem letzten Bissen schluckte sie ihren flüchtig aufkeimenden Groll gegen Greg herunter.

Noch einen Augenblick durchschnaufen! Cleo schloss die Augen und spürte den leichten Windhauch, der ihr Gesicht kitzelte. Der Himmel sah wunderschön aus, ein

Meer aus warmen Tönen, in denen man stundenlang versinken konnte.

Cleo erhob sich und schob ihren Stuhl wieder ordentlich an den Tisch ran.

O nein! Sie lief ja immer noch barfuß umher!

Wo hatte sie nur ihren Kopf gelassen? So berauscht von ihrem Land der Träume! Wo waren denn ihre Schuhe geblieben?

„Verdammt! Ich habe sie in dem Laden stehenlassen."

Cleo schüttelte über sich selbst den Kopf. Vergesslichkeit war der erste Schritt zur Gleichgültigkeit und zum Neuanfang. Sie würde die Schuhe morgen holen gehen.

Wie peinlich!

Cleo nickte den anderen Gästen zu und spazierte ins Haus zurück.

In ihrem Zimmer schlug ihr die Luft warm entgegen.

„Hui! Das kann ja eine Nacht werden."

Vergeblich suchte sie nach einer Klimaanlage.

„Nun gut, die macht sowieso nur Halsschmerzen."

Ihr Fenster stand noch immer weit auf. Der Vorhang wehte leicht. Der Lavendelduft erfüllte die Luft. Cleo hatte das Gefühl, schon seit Wochen hier zu leben. Sie fühlte sich bereits zu Hause.

Lächelnd öffnete sie ihren Koffer und legte die wenigen Kleider, die sie eingepackt hatte, in den Schrank. Sie biss sich auf die Lippe. Erinnerung! Einige dieser Sachen hatte sie im Urlaub mit Greg getragen. Sie brannte nach Rache für die Sache mit der Stornierung, aber das würde die Situation ja nicht besser machen. Sie wusste, er würde sich mehr ärgern, wenn sie gar nicht reagierte. Aber trotzdem juckten ihr die Finger. Sollte sie kurz auf ihr Handy schauen? Ihre beste Freundin Melli wartete bestimmt bereits auf eine Nachricht von ihr. Aber wie sie Melli gesagt hatte: Sie brauchte einfach mal einen kompletten Cut. Und nach Ausheulen war Cleo gerade absolut nicht zumute. Das hatte sie bereits ausgiebig hinter sich. Melli verstand das.

Und trotzdem schaute Cleo nun auf ihr Telefon. Sie atmete auf, als hätte sie weitere Boshaftigkeiten von Greg erwartet. Keine neuen Drohungen! Aber ihr Akku war fast leer. *Erreichbar bleiben? Nur für den Fall der Fälle?*

Geriet Cleo etwa ins Wanken? Wollte sie etwa, dass Greg noch eine Verbindung zu ihr haben konnte?

Nein!

Cleo wischte flüchtig über ihr Display, als wollte sie jeglichen Gedanken an Greg vertreiben. Sie zog ihr Ladegerät aus dem Koffer.

„O nein!" Das Kabel passte nicht in die ausländische Steckdose. Irritiert blickte Cleo auf die Löcher, die in deutschen Steckdosen irgendwie anders angeordnet waren. Oder nicht? Sie grübelte.

„Sicher braucht man einen Adapter dafür. Die Rezeptionistin sagte ja irgendetwas von einem Steckdosenaufsatz."

Sie erinnerte sich vage daran, dass sie das gleiche Problem damals mit Greg in Italien gehabt hatte. Solche Zwischenfälle gab es an der Ost- und Nordsee, wo sie für gewöhnlich Urlaub gemacht hatte, natürlich nicht.

„Tsss!"

Cleo stieß gleichgültig ihren Atem aus. Ohne Handy war es doch sowieso viel besser oder nicht?

Sie legte ihr Schlafshirt aufs Bett und ließ sich für einen Augenblick entspannt auf die weiche Matratze fallen. Auch in diesem Hotel gab es nur einen dünnen Überwurf als Bettdecke. Daran musste sie sich wohl gewöhnen. Zuhause schlief sie stets mit einem dicken Federbett. Sie brauchte einfach etwas zum Einkuscheln.

Sie kicherte. Ihr netter Kellner würde sich doch bestimmt zum Kuscheln bereitstellen. Sie schüttelte den Kopf und ermahnte sich selbst, während sie sich im Spiegel des Wandschranks neben ihrem Bett anschaute.

„Cleo, Pfoten weg vom Gigolo!"

Diese Gedanken waren sehr belebend. Cleo setzte sich an den Schreibtisch und blätterte in der Hotelbroschüre. Es erfüllte sie mit Stolz, denn niemand war da, der ihr vorschreiben konnte, was sie wann zu machen hatte. Dies hier war ihr Hotel, ihre Auswahl, ihre ganz eigene Reise. Vielleicht konnte sie in dem Heftchen ja eine nette Idee für den nächsten Tag finden.

„Hey, mehrere Pools. Ich glaube, da werde ich mal einen genauer unter die Lupe nehmen."

Und so griff sie nach einem Handtuch aus dem kleinen Bad und zog sich ihren Bikini an. Greg hatte mal gesagt, dass sie in diesem grünen Fetzen aussah wie eine Raubkatze nach der Jagd. Was immer er auch damit ausdrücken wollte, Cleo liebte ihren Badedress und fühlte sich darin unwiderstehlich. Sie band ihre langen Haare zu einem Dutt hoch und schlüpfte in den Bademantel, den man ihr ins Bad gehängt hatte. Zum Glück hatte sie noch ein paar bequeme Sandalen dabei. Ein paar Schuhe konnte sie also noch irgendwo vergessen. Sie grinste und nahm ihr Buch aus der Handtasche mit.

Der Prospekt hatte nicht übertrieben. Unten, seitlich des Hotels, erwartete Cleo ein unbeschreiblich schöner Anblick, eingebettet in einen Palmengarten, der schier ins Endlose hinauszugehen schien. Es gab einen kleinen Pool und ein kleines Planschbecken, das in unterschiedlichen Farben leuchtete und dem Wasser durch den Farbwechsel ein schönes Ambiente verlieh. Aber auch das Gelände selbst war herrlich beleuchtet, so standen hier und da antike Solarfiguren und bunte Lichterketten führten die Gäste von Marmorsäule zu Marmorsäule. Eine wunderschöne Anlage, die man hinter dem kleinen Hotel gar nicht vermutet hätte.

Cleo hielt einen Augenblick inne. Obwohl den ganzen Tag über Leute angereist waren, war es hier unten recht überschaubar. In dem Pool schwammen einige Gäste. Das Sprudelbecken war von planschenden Kindern belegt, die dem Abend mit ihrer Freude Lebendigkeit gaben.

Cleo gesellte sich zu den Badegästen und legte ihr Handtuch auf eine Liege am Becken. Sie setzte sich und ließ das bunte Lichterspiel im Palmenparadies auf sich wirken. Der Himmel war ein Meer aus Farben. Sie freute sich darauf, nun entspannt ihren ersten Sonnenuntergang in Italien im Alleingang zu genießen. Die bunten Glühbirnen verstärkten ihre Urlaubslaune.

Cleo legte sich auf ihre Liege, schlug ihr Buch auf und seufzte losgelöst. Eigentlich hatte sie gar keine Lust zum Lesen. Sie schloss die Augen und hörte die leise Melodie, die vom Restaurant herüberdrang. Sie sank tief in sich hinein und war vollkommen entspannt.

„Die Milch fehlt.“

Eine sanfte Stimme ließ Cleo hochschrecken. Der Kellner!

Er hatte sich über Cleo gebeugt und richtete sich nun schmunzelnd auf. Er trug jetzt ein weißes T-Shirt und lässige kurze Shorts. Er sah nach Feierabend aus.

„W-Wie, die Milch?", stotterte Cleo.

„Cleopatra badet nur in Milch, deshalb ist der Pool nicht gut genug."

Cleo lachte.

„Ich bin noch nicht dazu gekommen, ins kühle Nass zu springen."

„O ich bin mir sicher, so kühl ist es auch gar nicht."

Lässig setzte sich Francesco auf die Liege neben Cleos. „Aber dein Buch scheint auch nicht spannend zu sein."

Cleo nickte und drehte ihr Buch auf den Rücken. Wie peinlich! Er musste sie ja nicht beim Lesen einer Schnulze erwischen. Und außerdem, warum sprach er plötzlich so gut Deutsch, wenn er vorhin doch nur ein knappes englisches „Shy" herausgebracht hatte?

Kleiner Spieler!

„Du hast Feierabend?"

„Ja. Aber ich bin immer im Einsatz."

Und wieder schaute er, als säße ihm der Schalk im Nacken. Einen Augenblick zu lang verlor sich Cleo in seinen dunklen Augen. Ihre Kehle wurde trocken und ihr Herz klopfte schneller.

Sofort nahm sie wahr, dass die Gäste im Pool lauter wurden. Hörte sie da gerade etwas von einem Gigolo? Meinten sie etwa Francesco? Sie schauten zu ihnen herüber.

War ihr Kellner für Flirts bekannt? Das waren eindeutig Deutsche, die sie anstarrten. Cleo funkelte böse zurück.

Francesco wandte sich unbeeindruckt dem Wasser zu.

„Und? Gehen wir schwimmen?"

Er zog sein Shirt aus und sah sie prüfend an.

„Komm, die Leute wollen eine Show sehen", sagte er und zwinkerte ihr zu.

Cleo winkte ab.

„Oder schwelgst du noch im Duft deiner Seife?", flüsterte er feixend, als hätte jemand von Cleos geheimer Liebe zur Seife erfahren können.

Cleo atmete schnell. Francescos lockere und freizügige Art machte sie sprachlos. Er setzte sich wieder auf die Liege vor ihr. Seine nackte Brust bebte. Cleo blickte auf seine Lippen, die so viel größer waren als ihre und doch irgendwie matt glänzten. Francesco bemerkte es. O wie peinlich! Schnell schaute Cleo auf. Für einen Augenblick fing ihr Kellner ihren Blick ein.

Cleo räusperte sich.

„Das ist nicht nur eine Seife", gab sie frech zurück.

„Sondern ein Altar?"

Cleo wollte vor Hitze explodieren. Konnte er Gedanken lesen? Er fand die gleichen Worte wie sie, dabei wollte er sie doch nur aufziehen. Er grinste selig.

„Als ich damals nach Italien kam, kannte ich keine Bäume, wie die, die es hier gibt. All die Zitronen, die Oliven, die Khakis! Das hat mich verzaubert. Ich liebe diesen Duft der Seifen. Sie erinnern mich an dieses Gefühl, an diesen Zauber. Sie riechen wunderbar."

Francesco blickte in Cleos funkelnde Augen.

„Du wärst perfekt für einen Werbespot über unser Land", neckte er Cleo. Verschmitzt streckte Cleo ihre Zunge raus.

„Du weißt ja gar nicht, wie toll das riecht."

„Doch, doch. Diese Seifen liegen zu Hunderten an allen Straßenecken rum. Sie sind etwas ganz Besonderes", scherzte er. Sich spielerisch wehrend, warf Cleo ihm ihr Handtuch zu.

Das Getuschel im Pool wurde wieder lauter. Cleo schaute böse zu den Gästen, doch im Nu gab Francesco ihr eine Handtuch-Revanche und schlug ihr Handtuch überraschend um sie. Einen Moment lang hielt er Cleo so gefangen.

Atmen, Cleo! O diese Augen!

„Wenn du den Duft der Zitronen schon so betörend findest …", sagte er sanft und lächelte dabei verwegen.

Hui! Cleo wurde heiß. Was meinte er damit? War das gerade ein unmoralisches Irgendwas?

Francesco ließ sie frei und seine aufzuckenden Mundwinkel verrieten, dass er sich über Cleos verwirrten Gesichtsausdruck und die Gänsehaut, die sich auf ihren Armen ausgebreitet hatte, amüsierte.

„Italien hält noch viel mehr Wunderbares bereit", sagte er ernst und nun musste Cleo lachen. Er schaffte es, ihr wieder die Befangenheit zu nehmen. „Du warst erst einmal hier?"

Er stocherte mit seinem Fuß im Rasen herum.

„Ja. Aber nun will ich es viel intensiver für mich entdecken."

Francesco zeigte mit dem Finger auf sie.

„Eins zu null für dich“, triumphierte er und erst jetzt hatte Cleo gemerkt, dass das gerade ziemlich zweideutig geklungen haben musste.

„So meinte ich das nicht“, zeterte sie sofort und warf wieder neckisch ihr Handtuch gegen den listigen Charmeur.

„Gut, wir sind quitt“, sagte er und stoppte Cleo gekonnt.

Er stand auf, nahm Anlauf und sprang ins Wasser. Es schlug hohe Wellen und bespritzte Cleo.

„Sorry, Cleopatra!“, sagte er sanft und schwamm in dem kleinen Pool davon.

Cleos Herz bebte. So ein frecher Flirt war doch echt belebend. Sie beobachtete, wie er seine Bahnen zog. Gern wäre sie ihm ins Nass gefolgt. Aber ihre Beine zitterten und würden wohl unter ihr nachgeben. Außerdem würden ihre Beobachter dann wahrscheinlich denken, sie wäre schnell zu haben. Oder nicht?

„Lass dich nicht beißen!“, rief Cleo ihm zu und deutete durch ein Dreieck eine Haifischflosse an. In Francescos Blick lag reine Provokation. Er hielt die Lippen leicht geöffnet, während er ihrem Blick standhielt. Cleo nahm nervös ihr Handtuch und ihr Buch.

Prüfend schauten die Leute zu ihr herüber. Das fühlte sich nicht gut an. Hörte sie da schon wieder von dem Gigolo? Gab es hier kein interessanteres Thema?

Sie musste zugeben, ihr junger Kellner zog alle Register. Aber das war sicher das Temperament aller Italiener. Wenn er nur nicht so verdammt gutaussehend wäre!

„Die Haie schwimmen tief auf unserer Insel. Aber keine Sorge! In Italien bist du sicher", rief Francesco ihr zu.

„Halbinsel", konterte sie.

„Du wirst die Erste sein, die einen Hai in Italia sieht", erwiderte er geheimnisvoll und kam an den Beckenrand geschwommen.

Cleo trat zu ihm. Schon wieder war es ihr Herz, das unendlich schnell schlug, während er zu ihr aufschaute. Sie strich nervös die Tropfen des Spritzwassers von ihren Armen.

„Was bekomme ich, wenn du einen Hai siehst?", flüsterte er und Cleo kniete sich zu ihm herunter.

„Alles, was du dir wünschst", gab sie genauso geheimnisvoll zurück. „In Italien gibt es nämlich keine Haie", hauchte sie ihm zärtlich zu, lachte dann und richtete sich auf.

Francesco schaute verschwörerisch, hob die Brauen und kletterte gekonnt mit einem Satz aus dem Pool.

„Solo un momento, mia bella!", sagte er mit einem Grinsen im Gesicht. Einen Moment, meine Schöne!

Was hatte er vor?

Er sprintete über den ordentlich gestutzten Rasen davon. Cleo schüttelte den Kopf. Wo wollte er hin?

Dann lachte sie. Francesco ging auf die Kinder in dem Planschbecken zu. Er lachte, sagte etwas und dann sah Cleo es.

Er lieh sich von den Kindern einen großen grauen Gummi-Hai.

Sein breites Lachen steckte an, trotzdem schoss Cleo die Hitze ins Gesicht.

„Hai!", sagte er und deutete erklärend auf das spaßige Badespielzeug.

„Das zählt nicht", verteidigte sich Cleo verlegen und grinste überrascht. Francescos Augen leuchteten.

„Spielverderber!"

Sein Lächeln war köstlich. Cleos Hände schwitzten. Er suchte ihren Blick, doch sie konnte ihm nicht mehr standhalten. Sie stotterte.

„S-Schönen Abend noch mit deinem Hai", sagte sie aufgekratzt.

„Ich denke, bei mir ist er ein braver Hai", warf Francesco zuversichtlich ein und streichelte das Gummitier.

„Bis morgen, belleza!" Bis morgen, Schönheit!

„Bis morgen", antwortete Cleo und runzelte die Stirn. Sie fühlte sich noch immer unsicher auf ihren Beinen. Ihr frecher Kellner hatte ihr ganz schön den Kopf verdreht. Wäre sie nicht so nervös, wäre sie sicher noch länger in seiner Nähe geblieben.

„Schlaf gut!", rief er ihr hinterher.

„Du auch", gab sie zurück und beschleunigte ihre Schritte. Er musste ja nicht noch ihr schnelles Herzklopfen bemerken. Er zwinkerte ihr wieder zu.

„Sicher", sagte Francesco und machte sich auf den Weg, um sein Leihspielzeug zurückzugeben.

Die Tratschenden im Pool nickten Cleo wohlwollend zu. Wahrscheinlich dachten sie, Cleo sei der Falle des vermeintlichen Gigolos entronnen, dabei fühlte sie sich, als käme sie nie wieder heraus aus der Schlinge seines Charmes. Sie lächelte und trabte die Treppe des Hotels herauf. Im Flur war es schon viel wärmer als unten am Wasser. Noch hier drinnen hörte sie die leise schnulzige Melodie, obwohl das Restaurant sicher längst geschlossen hatte. Sie betrat ihr Zimmer und atmete tief durch. Was für eine Begegnung! Herzklopfen pur!

Doch als ihr Blick auf ihr Handy fiel, wanderte das wilde Pochen vom Herzen in ihren Kopf. Wie viele unangenehme Nachrichten warteten da jetzt auf ihrem Telefon? Sie schluckte. Aber dann öffnete sie die bereitgestellte Flasche Wasser vom Nachttisch und prostete ihrem Spiegelbild zu. Nein! Greg sollte ihr nicht mehr die Laune vermiesen. Sollte er glücklich werden mit der blutjungen Lady in Lila.

4. Ein Fischerboot für Cleo

Die Sonne wärmte schon am Morgen angenehm und verband sich mit den Klängen aus dem Radio zu einer Harmonie, die Cleo lächeln ließ. Entspannt lehnte sie sich auf ihrem Stuhl auf der Hotelterrasse zurück. Dieser Platz gehörte längst ihr. Und plötzlich bebte ihr Herz wieder. Francesco kam mit ihrem bestellten Latte Macchiato auf sie zu.

„Buon giorno, mia cara!" Guten Morgen, meine Liebe!

Der sanfte Klang seiner Stimme ließ Cleo die Luft anhalten. Warum kribbelte es nur so wunderschön? Er war doch nur ihr Kellner. Doch sein Lächeln lebte wie der Morgen und Cleo sog es auf.

„Der Rest kommt sogleich", sagte Francesco und verbeugte sich höflich. Cleo sah ihm flüchtig nach, um es für die anderen Gäste nicht zu offensichtlich zu machen.

Cleo, ich glaube, du hast dein Herz verloren.

So schnell! So unvorbereitet!

Sie rührte gedankenverloren ihr Getränk um. Der mutige Haifischjunge, der sie reingelegt hatte, ging ihr nicht aus dem Kopf.

Aber dann schaute Cleo neugierig auf.

Dort drüben am Eingang, wo das frische Geschirr und das Besteck zum Verteilen für die Tische lagen, stand

Francesco und er war nicht allein. Argwöhnisch musterte Cleo die junge Kellnerin. Ihre langen, dunklen Haare waren makellos. Ihr Gesicht war wunderschön, vollendet geschminkt. In ihrem schwarzen, kurzen Rock mit der weißen Schürze sah sie mehr als grazil aus.

Cleo schluckte. Francesco stieß die junge Schönheit, die auch gerade an einem Tisch dampfende Getränke servierte im Vorbeigehen mit seinem Tablett an. Seine Mundwinkel formten sich zu einem breiten Lächeln, während sie es erwiderte und ihm einen flüchtigen Luftkuss schenkte. Cleos süße Gedanken verflogen im Nu. Nachdenklich prüfte sie Francescos Gesicht.

Was nun?

Jetzt schlängelt sich diese Kellnerin nah an ihm vorbei, wiederholte das freche Grinsen, obwohl zwischen den Tischen genug Platz gewesen wäre, um sich nicht ständig anzustoßen.

Cleo wollte ihren Groll herunterschlucken. Aber so einfach war das nicht. Weiter unbemerkt hinschauen, als warte man auf das Essen, war die bessere Alternative.

Cleo biss sich auf die Lippe. Francesco starrte die junge Frau noch immer an. Sie waren wohl mehr als nur vertraut miteinander.

Sie lachten laut auf. Während sich die Kellnerin über das Geschirr beugte, schien Francesco die reizvolle Bedienung noch akribischer zu mustern.

Cleo stellte angewidert ihr Glas ab.

„Gigolo! So ein Gigolo!"

Ihr stieg die Hitze in die Wangen. Wie konnte sie auch denken, dass so jemand wie er Interesse an ihr hatte? Sie war nur einer von vielen flüchtigen Flirts.

Noch einmal schaute sie zu ihnen herüber und beobachtete ihre scheinbar vertrauten Späße. Sie zupfte doch tatsächlich an seinem Hemdkragen, als wollte sie ihn richten!

„So ein Idiot!" Im Nu merkte sie, dass sie ihren Ärger der Öffentlichkeit zeigte. Und dieser Unmut ließ ihr Inneres beben. Hatte sie auch wirklich geglaubt, so spontan und mal eben frisch in Italien angekommen, die große Liebe zu finden? Wie absurd!

„Signorina, per favore!" Bitteschön, Fräulein!

Schreck!

Luftholen und lächeln, Cleo!

Und plötzlich stand er wieder neben ihr, charmant wie eh und je und servierte ihr frische Brötchen belegt mit Wurst und Käse und dazu ein noch dampfender Crêpe.

Cleo wich seinem Blick aus. Er konnte noch so lange lächeln. Stur blickte sie auf ihren Teller und nahm ihr Besteck auf. Wollte er denn nicht endlich gehen? Ihr Herz schlug immer schneller.

Bloß nicht das Besteck fallenlassen!

Seine Nähe und die peinliche Stille, ließen ihr Blut kochen.

„Signorina?"

Warum musste er nur so sanft sprechen? Das gehörte bestimmt zu seiner Taktik! Cleo bekam eine Gänsehaut, die sie durch hastiges Probieren ihres Crêpes überspielte. Er räusperte sich. Und endlich ging er.

Cleo atmete auf und nahm blitzschnell ihr Besteck wieder herunter. An dem heißen Teig hat sie sich prompt die Schnute verbrannt.

Mistkerl, dachte sie zornig, als könne ihr Kellner etwas für ihren verbrannten Mund.

Sie schaute sich nicht noch einmal um. Das Frühstück bekam sie kaum hinunter und selbst ihr Latte Macchiato schmeckte nicht mehr.

Sie lächelte gequält, als sich ein Paar an den Tisch vor sie setzte. Grauenhaft diese Liebesidylle. Im nächsten Leben würde sie einfach ein Mann werden und dann würde sie genauso mit ihrem Charme spielen und flirten, was das Zeug hält.

Und das mit jeder, die mir über den Weg läuft!

Statt weiter in ihrer Eifersucht zu versinken, vertiefte Cleo sich lieber in ihr Brötchen. Es schmeckte verdammt deutsch und das war gerade gut. Sie kaute, schluckte, kaute. Nein! Sie wollte sich ihr Italien nicht von solchen Gefühlen verderben lassen. Das wäre ja fast so, als ließe sie Greg wieder in ihr Leben. Sehr falscher Gedanke. Nun war sein Bild wieder in ihrem Kopf. Der feine Greg, von seinem amerikanischen Uropa immer Gregory genannt. Dabei war an ihm nichts amerikanisch. Und wenn Cleo länger darüber nachdachte, war Greg eigentlich typisch deutsch. Manchmal ziemlich steif und ...

„Signorina?"

O nein! Er tauchte schon wieder an ihrem Tisch auf. Cleo runzelte die Stirn. Ihr Blick fiel auf ein Tablett, das mit einer silbernen Haube abgedeckt war. Was sollte das nun schon wieder? Sie hatte nichts mehr bestellt.

Er lächelte verwegen. Und leider schaffte dieser Augenaufschlag es wieder, Cleos Inneres einzufangen und es durcheinanderzubringen.

„Was ist das?", fragte sie. Ihr Tonfall verriet, dass sie nicht gut auf ihren Kellner zu sprechen war. Er spürte das durchaus, denn sein Lächeln war nicht so überzeugend, wie es sonst für ihn typisch war.

Vorsichtig hob Cleo die Haube an. Das Gericht stand schon auf ihrem Tisch. Nun griente der Kellner. Cleo wunderte sich über sein Verhalten. Was war das für eine Überraschung?

Doch dann blieb ihr Mund offen stehen. Unter der Haube waren ihre Schuhe!

O wie peinlich! Ihr Gesicht glühte feuerrot, doch als Francesco zu lachen begann, fiel sie mit ein und musste sich schließlich zurücklehnen und sich den Bauch halten.

Die Gäste schauten neugierig zu ihnen herüber. Cleo rückte die überraschende Lieferung ein Stück weiter vor sich, damit nicht jeder darauf starren konnte.

„Wie kommst du an meine Schuhe?", fragte sie schließlich und versuchte, sich ihre reservierte Art zurückzuholen. Er sollte nicht denken, dass sie so leicht zu haben wäre.

„Der Souvenirladen, aus dem du deine Seife hast, gehört meiner Mama. Als sie mir erzählte, ein rotblonder Engel hat seine Schuhe vergessen, war mir klar, dass nur du es gewesen sein kannst."

Cleo spielte nervös mit ihren Fingern und schlug unter dem Tisch ihre Füße übereinander. Sie wippten unruhig. Das herausfordernde Funkeln in Francescos Blick war zurück. Er war wieder ganz er selbst.

„Warum? Das hätte doch jede gewesen sein können?", gab Cleo keck zurück.

„Aber nicht jede kommt barfuß zum Dinner", sagte er und verzog seine Lippen zu einem amüsierten Kräuseln. Er setzte die Haube wieder über die ungewohnte Fracht.

„Geht aufs Haus!", flüsterte er schelmisch und zwinkerte Cleo zu. Er drehte sich um und ging.

Puh! Wie unangenehm!

Und nun fing Cleo ihren Blick. Die dunkelhaarige Kellnerin schaute Cleo hasserfüllt an. Erwischt! Getroffene Hunde bellen. Aber Cleo wollte nicht der Grund dafür sein. Prompt nahm sie ihre Schuhe vom Tisch, schob ihren Teller ein Stück von sich weg und erhob sich. Die Schotten waren wieder dicht. Sollte er sich einen anderen Flirt suchen. Das war ihr zu doof.

Aber der Tag war viel zu schön für Groll. Cleo schluckte ihn hinunter und schlenderte lächelnd durch die Eingangshalle, deren Dekorationen und Bilder noch immer imposant auf sie wirkten. Gedanklich malte sie die Blätter des Zitronenbäumchens nach und stellte sich vor, sie wäre die Erschafferin dieser Gemälde.

Sie huschte kurz zurück in ihr Zimmer, nahm ihre Handtasche und ihr Buch mit und war bereit für den Tag.

Die kleine Hafenpassage war schon sehr belebt. Und Cleo war stolz darauf, eine der vielen Touristinnen zu sein, die hier ihre Zeit genossen. Sie setzte sich auf eine Bank und schaute minutenlang still auf den See. Die Sonne ließ die Wasseroberfläche glänzen. Die Wellen des Gardasees brachen sich sanft. Eine leichte Brise frischte die Sommerhitze mild auf. Cleo schaute auf die Berge, die Palmen und die kleinen Stände, die den Touristen hier und da Köstlichkeiten anboten. Und trotz der ganzen Leute um sie herum und des belebten Trubels fühlte sie sich nie entspannter. Sie schlug ihr Buch auf und lehnte sich zurück.

Und so las sie und versank tief in die Geschichte der jungen Ägypterin, die zum Pharao geführt wurde, um ihre Strafe zu empfangen. Doch längst wusste der Pharao, dass sie nicht nur ihr Ansehen verloren hatte. Sie hatte ihr Herz verloren, an ihn und er fürchtete, er würde sich nicht gegen das wehren können, was auch sie in ihm auslöste.

Cleo seufzte. Die Sonne kitzelte sie sanft. Sie lächelte und vertiefte sich ganz in ihre Romanze.

Die Leute zogen an ihr vorbei, während sie ihr Buch verschlang. Kein trüber Gedanke war mehr in ihr. Sie kam vollkommen zur Ruhe und ließ alles Negative und Geschehene sein, wie es war. Sie konnte daran schließlich nichts mehr ändern. Aber schon meldete sich die positive Erkenntnis zurück. Da gab es jemanden, der es vermochte, ihre Lebendigkeit ganz und gar herauszukitzeln und weitaus mehr als das: Die Schmetterlinge in ihrem Bauch! Die Erinnerung war ganz nah. Es hatte schon witzig ausgesehen, wie er ihre Schuhe abgedeckt hatte.

Cleo nahm einen wunderbaren Duft wahr. Was war das? Ihr Magen knurrte. Und es passte perfekt.

Fischbrötchen!

Cleo hatte Lust auf ein richtig deutsches Backfischbrötchen, dann halt auf italienische Art. Sie schlug ihr Buch zu und schlenderte zu dem Händler hinüber.

„Junge Dame!", begrüßte er sie und deutete auf ihr Buch. *Deshalb so ein perfekter deutscher Gruß?*

„Hallo", sagte Cleo.

Der Mann trug ein weiß-blau-gestreiftes Hemd und einen Schnauzbart. So stellte sich Cleo den typischen Italiener vor. Sie widerstand der Versuchung, ihre Begeisterung für sein Aussehen nach ihren landestypischen Vorstellungen auch äußerlich zu zeigen.

Sie deutete auf eines der belegten Brötchen, das ihr der Verkäufer warm machte.

„Prego!"

„Grazie!"

Cleo schlenderte mit ihrem Brötchen weiter und wartete diesmal eine Weile, bis sie hineinbiss. Sie setzte sich an die Kai-Kante und ließ ihre Beine hinunterbaumeln. Das tat gut. Einige Passanten schauten etwas länger zu ihr herüber. Wunderten sie sich, weil Cleo allein war? Alleinsein war im Moment verdammt erfrischend. Freiheit!

Gab es hier auch Möwen? Cleo schaute sich um, bevor sie nun in ihre Gaumenfreude biss.

Der See war heute belebt. Cleo sah in der Ferne einen Kitesurfer. Er kämpfte mit dem Wind, der dort in der Ferne stärker zu sein schien. Sie stellte sich vor, wie es wohl wäre, wenn sie sich daran versuchen würde. Das wäre wohl ein peinlicher Akt. Sie grinste.

Am Horizont sah sie einen Gleitschirm, der sich auf das Wasser zubewegte.

Ihr Blick fiel auf die vielen kleinen Fischerboote, die für sie genauso nostalgisch aussahen, wie in ihrer Vorstellung. Sie waren aus Holz, nicht besonders groß und hatten alle unterschiedlichen Farben.

Sie beobachtete einen Fischer, der gerade ein Netz voller Fische aus seinem Boot hievte und es einem anderen Mann reichte. Er lächelte und sein temperamentvoller Dialekt ließ Cleo fasziniert zuhören, obwohl sie kein Wort verstand. Die italienische Sprache eben!

Der Fischer bemerkte ihren Blick. Er nickte ihr freundlich zu.

Cleo biss wieder ab und wischte sich etwas von dieser weißen Creme von den Lippen, die deutscher Remoulade ähnelte. Sie streckte die Beine entspannt aus. Wie wunderschön dieser Tag war und wie weit der See!

Noch einmal schaute Cleo neugierig zu dem Fischer. Ob er sich durch seine Fänge den Lebensunterhalt finanzierte? Wie alt mochte der Mann wohl sein? So alt wie ihr Vater? Er war leicht ergraut, trug eine witzige schwarze Mütze auf dem Kopf und ein Halstuch.

„Signorina!", rief er herüber und lachte.

Cleo zuckte zusammen und wischte sich ihren Mund an einer Serviette ab. Meinte er sie? Er winkte sie heran. Cleo sah sich verwundert um. Da war niemand hinter ihr. Er meinte sie.

Der Mann lachte und winkte noch einmal. Neugierig erhob sich Cleo und ging auf ihn zu.

„Meinen Sie mich?", fragte sie überrascht.

„Ja, sicher. Möchten Sie mit hinaus auf den See?", fragte er mit einem freundlichen Lächeln. Cleo überlegte. In diesem Land empfing sie jeder mit Herzlichkeit und auch der Fischer sprach sehr gut Deutsch, wenn auch mit Akzent.

„Kommen Sie! Es ist schön auf dem See."

Cleo schob all die Gedanken weg, die sie normalerweise gehabt hätte. Ob er Geld an ihr verdienen wollte? War das eine Masche?

„Der raue See ist uns heute gut gesinnt", sagte der Mann und lachte, als er Cleos gerunzelte Stirn sah.

„Ähm", stammelte Cleo.

„Ich fahre sowieso hinaus. Wenn Sie möchten, leisten Sie mir gerne Gesellschaft."

Cleo sah aufs Wasser.

„Sie haben doch bestimmt zu tun. Mit den Fischen und so."

Seine Mundwinkel wurden breiter.

„Dafür muss erstmal was ins Netz gehen."

Cleo warf ihre Serviette in den Mülleimer neben der Bank.

„Warum eigentlich nicht?", sagte sie. „Der Tag kann nur schöner werden."

Der Mann hob seine Mütze, als wollte er sich für Cleos Zustimmung bedanken.

Cleo nickte höflich und nahm die Hand an, die er ihr entgegenhielt.

„Attento!", sagte er etwas belustigt, als Cleo wackelig einen Fuß in das Boot setzte. Aufgepasst!

Doch im letzten Moment griff er ihr unter die Arme und half ihr in das kleine Holzboot. Cleo fiel geradezu auf das schmale Brett. Zu ihren Füßen war es nass. Besorgt schaute sie auf.

„Nur von den Fischen", meinte er laut. Der nette, ältere Herr war ihr sofort sympathisch. Und nun kicherten sie beide, während Cleo trotzdem besorgt nach einem Leck Ausschau hielt.

„Alles sicher", sagte er. Er legte seine Hände an die Ruder, mit denen es hinaus auf den See ging.

„Was kostet so eine Fahrt auf den Gardasee?", fragte Cleo.

Er runzelte die Stirn und schenkte Cleo ein Lächeln.

„Gar nichts. Ich nehme kein Geld. Freude soll man teilen", sagte er, seufzte selig und deutete in die Ferne.

„Vielen Dank", sagte sie.

Cleo atmete schnell. Es fühlte sich wunderbar an, das Wasser unter sich zu haben und mitten hinaus in diese Weite zu fahren. Das stetige Geräusch des schlagenden Ruders beruhigte sie. Himmel und See vermischten sich. Nie hatte sie etwas Schöneres gesehen.

„Wunderschön!", sagte sie seufzend.

„Sind Sie das erste Mal in Italien?"

„Nein. Ich war schon einmal da und habe mich in das Land verliebt."

Der alte Herr nickte.

„Sie leben vom Fischen?", fragte Cleo neugierig.

„Nicht nur. Meine Frau arbeitet im Zitronenhaus. Ich liebe den See. Ich halte es an Land nicht lange aus", sagte er mit Frohsinn. Und nun schauten sie gemeinsam auf das funkelnde Wasser und auf Limone, das sich hinter ihnen entfernte.

„Ich habe mehrere Netze ausgeworfen. Manchmal ist was drin, manchmal auch nicht. Aber es macht Spaß. Wie lange machen Sie Urlaub hier? Sie müssen sich unbedingt das Zitronenhaus angucken."

„Ich weiß noch nicht, wie lange ich bleibe. Ich werde es mir sicher ansehen."

„Meine Frau wird sich bestimmt freuen. Sie freut sich über jeden Gast. Mein Name ist übrigens Agapito."

„Hallo Agapito. Ich bin Cleo.“

„Ein schöner Name.“

„Danke.“

Cleo löste ihre Hände vom Brett, auf dem sie saß. Der Fischer schmunzelte. Er nahm seine Ruder hoch und nun glitt das Boot wie von selbst über das Wasser. Das leichte Schaukeln war entspannend.

„Hier draußen spürt man die Freiheit“, sagte Cleo. „Man kann alles vergessen.“

„Der See ist wie das Zentrum der Seele“, gab der Alte zurück.

Und dann schaute er gespannt auf. Was sah er?

Cleo streckte sich und sah zu der Stelle, die er im Wasser so anstarrte. Gekonnt zog er an einer Schnur.

Woher wusste er nur, dass hier sein Netz lag? Cleo staunte.

Neugierig zog Agapito es herauf. Es war noch leer. Aber den Fischer störte es nicht. Er lächelte selig und schlug den Deckel eines kleinen Korbes zurück. Höflich hielt er Cleo einige selbstgeschmierte Schnitten hin. So lecker, wie sie aussahen, da ging doch noch etwas in ihren Bauch hinein. Sie lächelte und dankte.

„Grazie.“

So eine Gastfreundschaft hatte sie nicht erwartet. Glücklich griff sie nach den Weintrauben, die ihr der Mann überreichte.

„Sie sind von meiner Mama“, erklärte er stolz.

„Sie schmecken wunderbar. Das können Sie Ihrer Mama sagen.“

Wie alt mochte seine Mutter sein? Irrte sie sich doch mit seinem Alter?

Und so ließen sie sich über den See gleiten, bis die Sonne den Himmel rötlich färbte und Cleo gar nicht bemerkt hatte, wie der Tag an ihnen vorbeigezogen war. Wie die Zeit verging! Glücklich schaute sie zu den Wolken auf. Dieses Farbenspiel von hier aus zu sehen, war unbeschreiblich. Sie legte den Kopf in den Nacken und genoss die letzten Sonnenstrahlen des Tages, die es noch immer vermochten, ihr Gesicht zu wärmen.

Der Hafen von Limone rückte wieder näher. Touristen schlenderten am Hafen entlang. Aber es waren längst nicht mehr so viele wie am Vormittag. Eine zauberhafte Melodie fing Cleo ein. Sie klang nach Urlaub und Glück.

Doch als sie nun anlegten, verfinsterte sich ihre Miene. Francesco!

Er leerte dort vor dem Hotel etwas über dem Mülleimer aus. Der Kellner fing ihren Blick. Entsetzt starrte der vermeintliche Gigolo sie an. Warum?

Cleos Stirn runzelte sich. Sie sah zu dem Fischer, der Francesco ebenso anstarrte. Sah sein Gesicht etwa zornerfüllt aus?

Was geht denn hier ab?

Francescos Blick galt nicht ihr, sondern dem Fischer? Sie schaute zwischen den Männern hin und her. Eindeutig! Da stimmte etwas zwischen den beiden nicht. Was war hier los? Es handelte sich wohl kaum um Eifersucht. So unbeholfen wie beim Einstieg, kletterte Cleo wieder aus dem Boot. Das Gesicht des Fischers zeigte eine finstere Miene, die Cleo Sorgen bereitete.

Doch nun schaute Agapito Cleo an und seine Mundwinkel zeigten wieder Freundlichkeit.

„Danke für Ihre Gastfreundschaft", sagte Cleo.

„Gerne. Es war mir eine Freude. Wenn Sie noch einmal hinaus auf den See wollen, kommen Sie zu mir.“

Cleo nickte.

„Sind Sie immer hier am Hafen?“

„Ja. Meine Frau sagt, ich lebe hier.“

Cleo fiel in sein Lachen ein.

„Ich wünsche Ihnen einen schönen Abend“, sagte sie dann.

„Dir.“

Cleo runzelte die Stirn.

„Ich bin doch Agapito und du Cleo. Dir.“

5. Ein ungewollter Kuss?

Der Ausflug auf dem Wasser war herrlich, obwohl die finsteren Blicke der Männer wie ein bitterer Nachgeschmack blieben. Cleo seufzte und schaute noch einmal zurück. Lächelnd winkte sie dem Fischer, der gemeinsam mit dem farbigen Abendhimmel ein herrliches Postkartenmotiv abgab. Nie zuvor hatte Cleo sich so befreit gefühlt, wie nach diesem Nachmittag auf dem Gardasee.

Francesco war verschwunden. Cleo atmete auf. Er war doch nicht wirklich eifersüchtig auf diesen betagten Fischer? Was verband die beiden Männer? Hatte Francesco einen schlechten Ruf? Flüchtig dachte Cleo an die Gäste, die womöglich ihn als Gigolo bezeichnet hatten.

Sie schlenderte über die Hotelterrasse. Obwohl die Fischernetze leer gewesen waren, roch Cleos Kleidung nach Fisch. Sie schmunzelte. Seitdem sie in Italien war, nahm ihre Nase Gerüche wahr, die in Deutschland nicht in ihre Sinne drangen. Gewürze, Lavendel, Zitrusduft und den Geruch von stinkendem Fisch.

Leben mit allen Sinnen, dachte sie stolz.

Gedankenverloren lief sie in Valentina herein. Die freundliche Dame des Hauses empfing sie mit dem herzlichen Lächeln, das Cleo bereits bei ihrer Ankunft aufgenommen hatte.

„Buonasera, signorina! Haben Sie einen schönen Aufenthalt?"

Cleo nickte.

„Ja. Danke. Es ist wunderschön hier.“

Aber dann überlegte sie. Die Frau schaute sie neugierig an. Wollte sie noch etwas? Sollte Cleo mehr von ihrem Tag erzählen?

„Wenn ich etwas tun kann?“

„Ähm, mein Handy passt nicht. Das Ladekabel meine ich. Es geht nicht in die Steckdose.“

„Ah, sie brauchen einen Adapter, einen Stecker. Ich werde mich darum kümmern“, sagte sie flugs und huschte davon. „Ich bringe ihn später.“

Cleo nickte dankend. Sie stieg die Treppenstufen hinauf und freute sich darüber, diese Treppen noch so lange hinaufgehen zu können, wie sie wollte. Manche Probleme waren einfach zum Aufschieben da. Und vielleicht verlängert sie ja einfach ihre Woche hier in Italien.

Vielleicht auf Lebenszeit, dachte Cleo sarkastisch und doch glücklich.

Im Zimmer roch es noch immer ein wenig nach Lavendel. Aber Cleo nahm den Duft längst nicht so intensiv wahr wie bei ihrer Anreise. Lächelnd hob sie ihre Seife auf und inhalierte für einen Augenblick ihren Lieblingsduft.

„Besser als Fisch“, sagte sie und grinste. Sie brannte darauf, Francesco zu begegnen. Sie würde ihn so lange anstarren, bis ihm bewusst würde, dass ihr nicht entgangen war, wie feindselig er und der Fischer sich angeblickt hatten. Vielleicht kam sie ja hinter das Geheimnis der Männer. Sie prüfte ihren Kleiderschrank, grübelte kurz und griff dann nach dem langen weißen Kleid, für das es zu Hause zum Tragen nie einen Anlass

gegeben hatte, der edel genug für diese Robe gewesen
wäre.

Mit Vorfreude sprang Cleo unter die Dusche. Die Ho-
telseife glich ihrem persönlichen Altar und so genoss
Cleo das kühle Nass und fühlte sich wie neugeboren.
Der Duft des Neuanfangs war wieder da.

Neuanfang. Aber was war nach ihrer Reise? Sie
presste ihre Lippen aufeinander und stellte sich vor,
wie sie wieder in die Firma ihres Vaters zurückkehren
würde. Nein! Auf keinen Fall! Es musste einfach klappen mit einer ihrer Bewerbungen.

Aber was, wenn nicht?

*Schau doch einfach auf dein Handy und checke deine
Emails!*

Und wenn dann längst Absagen in ihrem Posteingang
waren?

Nein, Cleo wollte damit noch warten und sich für
heute von nichts und niemanden den herrlichen Tag
trüben lassen.

Sie spülte den Schaum aus ihren Haaren und stellte
das Wasser ab.

*Auszeit. Vollkommen. Heute nichts Negatives mehr
im Kopf.*

Sie stieg aus der Dusche und schob das Handtuch,
dass sie sich auf den Boden gelegt hatte, vor das Waschbecken. Der Spiegel war beschlagen, obwohl sie nur
lauwarm geduscht hatte. Sie wischte mit ihrem Arm
darüber, bis sie sich erkennen konnte. Cleo nahm die
Bürste und zog sie durch ihre rotblonden Haare. Bei der
Wärme trockneten sie bestimmt auch ohne Föhn
schnell.

Beim Zähneputzen nahm sie dann doch lieber ihren eigenen Becher, statt die Miniaturausgabe des Hotels. Waren italienische Zahnbürsten kleiner? Cleo runzelte amüsiert die Stirn.

Erledigt.

Doch föhnen?

Cleo hielt ihre Haare nach oben. Nein, elegant mit einer Spange nach oben gesteckt, fiel niemandem auf, dass ihre Mähne noch nicht trocken war. Und so hatte sie noch länger das Frischegefühl mit dem süßen Duft.

Sie verzichtete auf pudriges Make-up, aber ein zarter heller Lidstrich und ein wenig Glanz auf den Lippen konnte nicht schaden.

Sie blickte auf das weiße Kleid, das sie neben sich bereitgelegt hatte. Es war zauberhaft. Sie konnte sich noch genau an den Tag erinnern, an dem sie es gekauft hatte. Sie wollte damit Greg zum Geburtstagsessen überraschen, aber es war ihm spontan etwas dazwischengekommen. Ob es seine Affäre damals schon gegeben hatte?

Unschöner Gedanke! Weg damit!

„Grübelfalten sind nicht gut für die Haut", sagte sie zuversichtlich zu sich selbst und zog das Kleid über den Kopf. Sie drehte sich. So angezogen vor der atemberaubenden Seekulisse und Cleo hätte mit einem Foto eine perfekte Sedcard für ein Model-Start-up. Sie zog die hohen Schuhe hervor, die Francesco ihr unter der Haube präsentiert hatte. Heute passten sie wieder perfekt. Ihre Füße hatten den ganzen Tag Zeit für Erholung gehabt.

Sie schloss die Zimmertür und stolzierte die Treppe herunter, was längst nicht mehr so sicher ging, wie bei ihrer Anreise.

„Cleo, warum bist du nur so nervös?“, flüsterte sie sich
selbst zu und zog ihr Kleid glatt. Hatte dieser Kellner sie
wirklich so durcheinandergebracht?

Verdammt! Cleos Stammplatz war bereits besetzt.
Und so steuerte sie den letzten freien Tisch in der Mitte
an. Cleo zog die Blicke auf sich. Sie fühlte sich elegant
und wie eine Diva. Sie nickte den anderen Gästen höflich zu.

Da war Francesco!

Cleo hielt kurz die Luft an, aber dann blätterte sie emsig in ihrer Karte und versuchte, sich ihre Aufregung
nicht anmerken zu lassen. Doch der Kellner marschierte an ihrem Tisch vorbei, ohne sie eines Blickes
zu würdigen.

Was? Was war mit ihm los?

Cleo drehte sich flüchtig zu ihm um. Hatte er sie nicht
gesehen? War er auf ihren alten Tisch fixiert und hatte
sie dort vermisst?

Nein!

Nun sah er sie an, während er die Bestellung des Nebentisches aufnahm. Er musterte sie und strich sich
flüchtig über die Lippen. Beinahe ließ er seinen Stift fallen. Doch prompt sah er weg.

Was war denn das schon wieder? Cleo hatte ihm doch
nichts getan! O nein! Cleo schaute auf. *Bitte nicht!* Doch
die dunkelhaarige Schönheit in dem knappen Rock lächelte. Sie strich elegant ihr langes Haar zurück und
kam direkt auf Cleos Tisch zu, um ihre Bestellung aufzunehmen.

Es war die Frau, mit der Francesco so vertraut geflirtet hatte. Von ihr wollte Cleo nun ganz und gar nicht
bedient werden.

„Guten Abend! Haben Sie sich schon entschieden?“

Cleo räusperte sich. Nervös strichen ihre Finger über die Karte.

„Ähm, ich nehme nur einen S-Salat“, stotterte sie. Die hübsche Kellnerin besaß Augen, die es vermochten, einen zu fesseln. Wenn sie das bei Francesco mit der gleichen Intensität machte, verstand Cleo alles. Wollte sie sie herausfordern?

Sie hielt noch immer ihren Block. Hatte Cleo etwas vergessen?

„Ähm, den gemischten Salat“, sagte sie schnell, ohne noch einmal verlegen auf die Karte sehen zu müssen. Einen gemischten Salat gab es bestimmt überall.

Ihre Bedienung rollte die Augen, als wollte sie ihr sagen, dass sie die erste Runde gewonnen hatte.

Mensch Cleo, das ist doch kein Wettstreit!

Cleo schluckte.

„Und ein Getränk?“

Sie überlegte fieberhaft. Sie konnte einfach nicht aufhören, diese Frau zu mustern. Ein makelloses Gesicht, ein formschönes Dekolleté, eine perfekte Figur.

„Kann ich Ihnen einen Wein des Hauses bringen?“, setzte sie fort.

„Okay.“

„Einen Rot- oder Weißwein?“

„Rotwein“, antwortete Cleo knapp. Flüchtig sah sie zu Francesco herüber, der gerade galant Gläser auf einen Tisch stellte und genauso verstohlen zu ihr herüberschaute. Cleo schluckte.

Ihr Blickaustausch war der adretten Kellnerin nicht entgangen.

Cleo stieß ein überlegenes Danke aus. Die Grazie ging.

Was konnte sie tun, um nicht noch einmal von ihr bedient zu werden?

Ihre Hände waren nass. Das beste Zeichen dafür, dass dieses Spiel zwischen Kellner und Kellnerin ihr nicht egal war.

Sie drehte sich um. Francesco war weg.

Cleo war angespannt. Ihr Lächeln beim Anblick des maritimen Panoramas wirkte sicher gequält, denn gedanklich war ihr Herz absolut nicht beim Gardasee.

Und dann kam sie zurück.

„Signorina, un vino rosso meraviglioso!", triumphierte die Kellnerin. Fräulein, ein wunderbarer Rotwein!

Was?

Sie stellte ein Glas auf Cleos Teller, als wollte sie sie ärgern. Breit lächelnd schnappte Cleo sich das Glas und stellte es daneben auf das Tischtuch, wo es hingehörte.

Weiß hier überhaupt jemand, dass ich kein Italienisch spreche?

Cleo wusste, warum sie so einen Groll gegen die Kellnerin hegte.

Du bist eifersüchtig, liebe Cleo!

Die penetrante Frau hob die Weinflasche, um Cleo einzugießen. Statt weiter in die rehbraunen Augen der Schönheit zu starren, schaute Cleo nervös auf die Karaffe mit dem dunklen Wein. Sie hatte nie Rotwein getrunken, aber immerhin hatte sie es geschafft, eine Auswahl zu treffen, ohne sich anmerken zu lassen, dass sie von Wein absolut keine Ahnung hatte. Die Kellnerin stellte die Flasche ab und stieß damit gegen Cleos Glas.

„O nein!"

Verflucht!

Es kippte!

Sofort hob Cleo schützend die Hände, als könnte das irgendetwas ausrichten. Zu spät! Der rote Wein landete direkt auf ihrem Kleid. Zauberhaftes weißes Kleid!

„Wie ungeschickt von mir!", rief die Kellnerin, während Cleo hochschoss. „Das tut mir leid."

Cleo sah ihr an, dass sie mit dieser Äußerung genau das Gegenteil meinte. Denn ihre Mundwinkel waren noch immer viel zu sehr auf Lächeln ausgerichtet.

„O scusa, scusa!" O Entschuldigung! Entschuldigung!

Cleo drehte sich um. Wer rief da so aufgeregt?

Sie!

Valentina, die gute Seele des Hotels, huschte herbei, um die Wogen zu glätten.

„Es tut mir so leid. Das schöne Kleid!", beteuerte die Kellnerin, was keinesfalls ehrlich gemeint war. Beteuern sah anders aus.

Valentina winkte und schickte sie weg. Selbst aus dem Gang der dunkelhaarigen Schönheit sprach keine Reue. Sie wippte mit ihrem Hinterteil, dass Cleo schlecht davon wurde.

„Valentina?!"

Ein Gast rief nach der guten alten Dame. Es schien ein alter Bekannter zu sein. Aber Valentina war hier noch nicht fertig.

„Wir bringen das gleich in unsere Wäscherei. Wir kriegen das wieder raus", sagte sie und klang gehetzt.

So etwas kommt wohl öfter vor.

Cleo schmollte, ließ es sich aber nicht anmerken. Es fühlte sich widerlich an, zu spüren, wie ihr der Wein das Bein hinunterlief. Verärgert bückte sie sich und strich über ihre Knöchel. Nicht nur ihr Kleid klebte und stank nach Wein. Sie auch.

Sie schaute sich um.

Wenn dieses Miststück gedacht hatte, sie könnte ihr den Abend ruinieren, hatte sie sich getäuscht. Aber die Kellnerin war verschwunden und auch von Francesco gab es keine Spur zu sehen.

„Gehen Sie ins Haus hinein, einfach den Gang durch und dann runter in den Keller. Ich stecke ihr Kleid gleich in die Maschine", sagte sie mütterlich und so besorgt, als sei Cleo am Ertrinken.

„Vai avanti! Vai avanti!", wies sie das Personal auf der Terrasse an, das den Vorfall beobachtet hatte. Macht weiter! Weitermachen!

Cleo schaute einen anderen Kellner an. Er hob die Brauen und presste seine Lippen aufeinander, als wollte er Mitleid zeigen.

„Ich komme gleich nach. Ich bringe Ihnen ein neues Kleid", setzte Valentina fort.

Cleo schüttelte den Kopf. Ihre Augen wurden größer. Ihr ein Kleid bringen? Flüchtig stellte sie sich vor, wie das wohl aussehen mochte, und musterte die bunte Schürze der alten Dame.

„Nein, danke. Das passt schon", gab sie schnell zurück. „Ich gehe mich kurz oben frisch machen und bringe dann das Kleid."

Immerhin übertünchte ihre Wut für die Kellnerin jeden Gedanken an Greg. Das mit dem Wein war Absicht gewesen. Mit Sicherheit!

Cleo marschierte los. Ja, es war wirklich ein Marsch! Ihren Schritten war ihre Verbitterung anzuhören, denn sie trat bewusst laut und fest auf. Der Wein tropfte von ihrem Kleid auf den Boden der Lobby. Sie hoffte bissig, die Flecken würden sich in den Dielen festsetzen, damit eine gewisse Person immer eine unschöne Erinnerung an sie hatte, wenn sie dafür getadelt werden würde.

Cleo sah sich um. Da vorne neben der Treppe zu ihrem Zimmer ging es links hinunter. Da musste es zum Keller gehen. So schnell konnte ein schöner Abend enden. Sie stieg die Treppe herauf. Sie hatte sicher noch etwas anderes im Koffer, mit dem sie diese billige Kuh zur Weißglut treiben konnte. Aber immerhin: Sie war auch eifersüchtig. Oder nur ungeschickt? Nein!

Den Abend lasse ich mir doch nicht kaputtmachen!

Sie hoffte, die Waschmaschine würde ihr Kleid wieder hinbekommen.

Sie trat oben von der Treppe in den Flur. Von hier hörte man wieder die leise Musik aus dem Restaurant und sie nahm die Gespräche der Gäste als Getuschel wahr. Im Gang staute sich die Hitze des Tages.

Sie öffnete ihre Zimmertür. Hier schlug ihr die hohe Temperatur noch weitaus mehr entgegen. Eine Klimaanlage würde sich im Sommer wohl doch lohnen.

Vorsichtig huschte sie sofort ins Bad. Hier oben waren es schließlich ihre Zimmerdielen und die wollte sie nicht versauen. Sie stieg aus ihren Schuhen und stieß sie mit den Füßen unter das Waschbecken.

Nasser Stoff auf dem Köper war ekelhaft, wenn man nicht gerade in einen Pool springen wollte. Sie lächelte. Und schon war Francesco mit seinem Gummi-Hai wieder in ihren Gedanken.

Aber als sie in den Spiegel sah und das Malheur auf ihrem Kleid begutachtete, war die süße Erinnerung sofort wieder verflogen. Unwirsch zog sie sich das Kleid vom Körper und ließ es auf den Fliesen liegen.

„Duschen, dann halt noch einmal duschen!", stieß sie wütend aus und zog etwas rabiat die Glaswand der Duschkabine auf.

Sie schob die Halterung der Brause ein Stück tiefer, damit ihre Haare, die sich inzwischen trocken anfühlten, nicht wieder nass wurden. Das lauwarme Wasser beruhigte schnell ihren aufgebrachten Geist. Sie stellte sich vor, wie sie frisch duftend in einem neuen Kleid und mit Siegerlächeln unten auf der Terrasse wieder ihren Platz einnahm.

Du wirst mich nicht los, Süße.

Sie cremte sich mit ihrem Schaum ein, bis der Rotweinduft verflogen war. Noch fix abspülen und sie war fast wieder bereit.

Sie stieg aus der Dusche und griff sich ihr Handtuch. Während sie sich abtrocknete, ging sie im Kopf durch, was sie alles in ihren Koffer gepackt hatte. Und plötzlich strahlte sie über das ganze Gesicht.

Sie hatte dieselbe Ausgabe des Kleides doch auch noch in Gelb. Das Handtuch landete im Waschbecken und schon ging Cleo an ihr Gepäck. Sie wühlte in ihren Sachen und schob ihre Unterwäsche beiseite.

Da war das gute Stück. Es unterschied sich nur dadurch von dem anderen Kleid, dass es keine Träger hatte, sondern im Nacken zu binden war.

Perfekt!

Sie zog es über den Kopf und drehte sich vor dem Wandspiegel neben ihrem Bett. Jetzt nur noch die lästige Kellersache erledigen. Sollte Lady „Angriff" ihr Kleid als Trophäe behalten. Kleider waren ersetzbar und in diesem fühlte sie sich unwiderstehlich. Gelb stand ihr ohnehin besser als Weiß.

Sie holte das befleckte Kleidungsstück aus dem Bad und prüfte, ob ihr Lipgloss noch glänzte.

Auf geht's!

Sie verließ ihr Zimmer und stieg selbstsicher die Treppe herunter. Von so etwas ließ sie sich doch nicht unterkriegen. Sie erreichte die Lobby. Eine enge Treppe führte in den Keller. Sie folgte ihr und lugte hinunter. Da unten brannte Licht. Vermutlich war der Raum immer erhellt, weil er sicher auch als Lagerraum für Weinfässer diente.

Wein!

In Cleos Blick lag Argwohn. Sie betrat den Keller. Es roch etwas muffig. Vermutlich wurde hier regelmäßig gewaschen und nicht gelüftet. Ein Fenster gab es in dem Raum nicht. Cleo staunte. Dies schien nicht nur die Wäscherei zu sein, sondern wie sie es vermutet hatte, auch der Weinkeller. Aber mit so einem Lager hatte sie nicht gerechnet.

Ehrfürchtig musterte sie die vielen Flaschen, die in Borten neben dem Treppengeländer aufgereiht waren. Dort hinten gab es noch mehr.

Während ihr Zimmer ordentlich und gepflegt war, war es hier unten ziemlich staubig. Cleo strich über das Gerüst.

„Hier sollte Francesco mal putzen", gab sie von sich und ließ ihre Eifersucht spielen.

„Scusa?!" Entschuldigung?!

Was? Woher kam das?

Verdammt!

Erschrocken schaute Cleo zwischen die Regale. Francesco! Wie peinlich! Zum Glück war das Licht in diesem Raum so schwach, dass er sicher ihre brennenden Wangen nicht sehen würde.

Wütend hastete der Kellner an ihr vorbei.

„Hallo?!", rief Cleo. Wie konnte er sie einfach kommentarlos stehenlassen?

Sie rannte ihm nach und griff nach seinem Arm.

„Scusa?", fragte er grimmig. Cleo bemerkte, dass er es vermied, ihrem Blick standzuhalten.

„Was ist dein Problem mit mir?", zischte sie und ließ, überrascht über sich selbst, seinen Arm frei.

Sie hatte nach Francesco gegriffen! Woher kam diese Kurzschlussreaktion? Aber es war zu spät, um im Erdboden zu versinken.

Seine Rehaugen starrten sie überrascht an. Aber er sagte nichts. Sein Schweigen brachte Cleo zur Weißglut. Ihre Finger verkrampften sich.

„Was hab ich dir denn getan?", rief sie und hatte ihre verletzten Gefühle noch immer nicht unter Kontrolle.

„Ich muss dir nicht antworten", gab er trocken zurück und wandte sich um.

„Du bist ein Arsch! Das bist du! Ein Arsch!", sagte Cleo fassungslos. Doch dann drehte sich Francesco um.

Nun suchte er wieder ihren Blick. Die Stille im Raum war erdrückend.

Nervös wanderte Cleos Blick über die vielen Spinnweben über den Regalen. Jetzt war sie es, die ihn nicht ansehen konnte. Diese Äußerung gerade war absolut kindisch gewesen.

„Als ich noch einen Hai hatte, hattest du noch mehr Respekt vor mir", sprach er sanft und sein Lächeln kehrte zurück. Cleo schluckte. In der Luft lag Spannung. Sein Blick wanderte über ihr Kleid.

„Wieder fleckenfrei?"

„Arsch!", gab Cleo kaum hörbar, aber mit einem netten Augenaufschlag zurück.

Was?

Was tat er?

Mit stürmischer Macht zog Francesco sie an sich. Cleo rang nach Luft! Was geschah hier?!

„Arsch oder Hai?", flüsterte er und seine Lippen waren Cleos Ohr so nah, dass sie es fast berührten. Cleo atmete heftig. Sie roch sein süßliches Parfüm und spürte das Beben seiner Brust. Ihre Finger schlossen sich fester um ihr ruiniertes Kleid.

„Ohne Hai bist du machtlos."

Francesco senkte seinen Kopf. Sein Haar kitzelte Cleo und wieder spürte sie fast seine Lippen auf ihrem Hals. Sie schluckte schwer. Ihre Hand wanderte auf Francescos Rücken.

„Ohne Hai bin ich machtlos?", hauchte er und wiederholte keck ihre Worte. „Durchaus nicht!", flüsterte er und nun ließ er tatsächlich seinen Mund über Cleos Hals wandern. Ihr Körper bebte. Sie spürte die Macht, die er über sie hatte.

Sein Arm strich über Cleos Rücken und er schob sie gegen die Waschmaschine.

„Dein weißes Hemd! Mach es dir nicht schmutzig“, neckte sie ihn und deutete auf die Rotweinschande, die sie noch immer in der Hand hielt.

Francescos Antwort darauf war nur ein mildes Lächeln, das zeigte, dass er sich darüber ganz und gar keine Sorgen machte. Er nahm das Kleid und warf es auf ein Flaschenregal.

Sein Blick war Sünde! Seine Augen wollten sie in die Knie zwingen. Cleo legte ihren Kopf in den Nacken, während er wieder näherkam. Ihre Augen waren geschlossen. In diesem Moment hätte alles passieren können. Dabei sollte sie doch wütend sein!

Francesco führte seine Hände hinter sie und strich ihren Hals hinauf. Sein Blick fing sie und ließ sie nicht mehr los.

Er wollte es tun! Er wollte sie küssen!

Leidenschaftlich tat er es! Er ließ seine Lippen auf Cleos nieder. Sie verschmolzen! Cleo gab sich seinem zarten Zungenspiel hin. Es wurde wilder!

Sie erschauerte ganz und gar unter seiner Wärme und unter dem Halt seiner starken Arme. Was für eine Leidenschaft!

Doch Cleos Verstand rebellierte. Sie wollte nicht nur ein schneller Urlaubsflirt in der Waschküche sein!

Prompt stieß sie den Kellner von sich und griff nach ihrem weißen Kleid. Irritiert schaute er sie an. Cleo schenkte ihm noch einen zornigen Blick und flüchtete dann die Treppe hinauf. Ihre Beine wollten unter ihr nachgeben. Ihr Körper wollte weiter seine Zärtlichkeiten, doch ihr Kopf ließ sie wütend hinaufbrausen.

„Scusa?!“

In Francescos Stimme lag der Groll, der auch in ihr gerade wiedererwacht war.

Cleo würde Valentina das verdammte Kleid geben. Sollte sie es zum Waschen geben. Ohnehin! Wer musste seine Wäsche selbst zur Reinigung bringen? Ob sie gewusst hatte, dass Francesco dort unten war? Sollte sie auf ihn stoßen? Sie war doch gegen diese Flirterei oder nicht?

Cleo zitterte, brachte die Treppe hinter sich und schaltete im Flur einen Gang runter. Sie stieß die Tür ihres Zimmers auf.

Sie rümpfte schnippisch die Nase, als sie in den Spiegel schaute. Keine Lust mehr auf sexy. Wahrscheinlich sendete sie falsche Signale aus. Sie war auf keinen Fall schnell zu haben. War es albern, sich noch einmal umzuziehen? Aber außer Francesco hatte sie noch niemand in dem neuen gelben Kleid gesehen. Sie wühlte in ihren Sachen und griff nach einem bequemen Jumpsuit. Die Zeit der Eleganz war vorbei.

Wenigstens etwas.

Cleos Blick fiel auf den Steckdosenadapter, den Valentina ihr auf das Bett gelegt haben musste.

Cleos Brust hob und senkte sich noch immer heftig. Aber sie wollte nicht nur ein schneller Urlaubsflirt sein! Sie steckte das Ladekabel ein. Einen Augenblick sagte ihr Handy nichts, aber schon erwarteten sie die ersten SMS.

Ihre Miene verfinsterte sich. Sie war sich sicher, dass die Nachrichten von Greg stammten. Ob ihr Vater inzwischen von den Differenzen seiner Tochter mit ihrem Partner gehört hatte? Flüchtig dachte sie an ihre wahllos abgeschickten Bewerbungen. Was würde sie machen, wenn sie eine Einladung bekäme? Würde sie wirklich ihr altes Leben über Bord werfen und einem Jugendtraum nacheifern? Schnell verscheuchte sie diesen Gedanken, bevor er sich einnisten und weitergesponnen werden wollte.

Sie wischte sich nervös über die Wange. Als sie Gregs Nachricht öffnete, war ihre intensive Begegnung mit Francesco sofort vergessen.

Ich habe dich gewarnt!

Sie schluckte.

Benommen ließ sie das Handy sinken.

Warnen? Hast du ein Recht dazu, mich zu warnen?!

Sie stand am Fenster und starrte hinaus. Stumm versank sie in den Lichtern, die den Abend bunt färbten. Eine leise Melodie drang herein.

Nein! Sie wollte diese Benommenheit nicht mehr. Sie wollte ihre Laune nicht mehr von anderen abhängig machen.

Dies ist deine Zeit, Cleo! Doch dann hörte sie etwas. Jemand klopfte energisch an ihre Tür.

Wer war das?!

Cleos Gedanken überschlugen sich. Das Hämmern wurde lauter. Jemand musste eine unglaubliche Wut haben. War Greg hier? Kam er, um sie in ihr altes Leben zurückzuholen? Er wusste schließlich, dass sie hier war. Cleo schluckte aufgeregt. Mucksmäuschenstill näherte sie sich dem Klopfen.

Wenn sie sich ganz ruhig verhielt, würde er sicher wieder gehen.

Doch es hämmerte noch immer. Das drängende Geräusch wurde zu einem heftigen Pochen in ihrem Kopf, das Cleo fast unangenehm schwerelos machte.

Es half nichts. Sie musste sich dem wohl stellen. Träge verharrte sie auf dem Teppich vor ihrer Zimmertür. Ihre Hände zitterten. Ihr Herz schlug zu schnell. Die Person dort draußen schien vor Zorn zu rasen. Sie hörte ihn atmen. Es war ein wütendes Atmen. Wahrscheinlich wurden schon andere Gäste auf ihn aufmerksam. Cleo schluckte noch einmal. Ihr Hals war wie zugeschnürt. War es nicht immer so? Musste sie sich bei Greg nicht immer unterordnen?

Ein letzter heftiger Faustschlag traf ihre Tür.

6. Pool-Dinner

Cleo drückte die Türklinke herunter.

O mein Gott!

Es war Francesco!

Erstarrt blickte Cleo ihn an. Das, was sie als Zorn interpretiert hatte, musste ihm selbst gegolten haben, denn nun lächelte er. Es war das Lächeln, das die Schmetterlinge in ihrem Bauch wieder wach kitzelte.

Vollkommen durcheinander strich sie sich ihren Jumpsuit glatt. Und sie merkte, dass ihre Wangen wärmer wurden, während Francesco sie amüsiert musterte.

„J-Ja?", stotterte Cleo.

„Tut mir leid für mein wildes Klopfen. Aber ich wusste, du bist da und ich dachte mir, irgendwann wirst du schon öffnen."

Seine sanfte Stimme ließ Cleos Herz beben. Noch immer spielte sie nervös mit dem Zipfel ihrer Kleidung.

„Ich habe dich nicht gehört. Ich war duschen", log sie.

Francesco grinste und schüttelte den Kopf.

„Das ist eine miese Ausrede. Du warst niemals duschen", neckte er Cleo und strich über ihr inzwischen vollkommen trockenes Haar. Sie lachte.

„Soll ich es über dir ausschütteln?", stieg sie in das Spiel ein. Sofort war die Hitze wieder da, die sie unten im Keller eingefangen hatte.

„Wir hatten heute einen schlechten Start", erklärte Francesco ihr gequält. Seine Miene wurde ernst. „Lass mich das wiedergutmachen“, sagte er und nun lächelte er wieder. Man sah seinem Lächeln aber an, dass er auf eine negative Antwort gefasst war, denn es war recht schmal im Vergleich zu sonst.

Cleo runzelte die Stirn. Francescos Blick wanderte über ihre nackten Schultern.

Das war jetzt aber kein verwerfliches Angebot, oder?

Cleo rang nach Luft und schämte sich sofort dafür, weil Francesco es bemerkte. Er sah schon ein wenig amüsiert aus.

„Wie sagt man bei euch in Deutschland? Pack die Badehose ein?“, lockerte er die peinliche Situation auf.

Cleo atmete auf. Diese Bemerkung nahm ihr die Anspannung.

„Ich habe für dich ein besonderes Dinner am Pool herrichten lassen. Nur für dich“, betonte er. „Damit du mich nicht als bösen Kellner in Erinnerung behältst.“

„Erinnerungen sind Bilder von etwas, das nicht mehr da ist. Du bist aber hier“, konterte Cleo und gewann langsam Freude an diesem Schlagabtausch.

Süffisant hob Francesco die Brauen.

„Man könnte das als Punkt werten“, flüsterte er verwegen. „Aber das tue ich nicht“, hauchte er Cleo ins Ohr. Sofort bekam sie eine Gänsehaut. Francescos Atem war so nah!

„Also? Kommst du mit?“, fragte er dann wieder locker und holte Cleo aus dem intimen Moment zurück.

„Arbeitest du eigentlich hier oder bist du Gast? Du hast ständig frei“, stellte Cleo fest.

„Ich habe unzählige Überstunden. Valentina möchte gerne, dass ich sie abbummele.“

Cleo trat nah vor ihn und schaute listig zu ihm auf.

„Aber du bist natürlich pflichtbewusst und kannst dich nicht von der Arbeit losreißen?"

„Ja, so in etwa", stimmte er zu.

Cleo überlegte.

„Badehose?", fragte Cleo.

„Bikini ist auch okay", setzte Francesco grinsend fort.

„Ich bin gleich wieder da."

Cleo verschwand im Bad. Sie stieg in ihren für Greg peinlichen Wildkatzenbikini. Ob Francesco vorhatte, mit ihr zu schwimmen? Cleo hatte plötzlich einen Kloß im Hals. Und der verstärkte sich, als sie an die dunkelhaarige Schönheit dachte. Hatte sie nicht deshalb im Keller das Weite gesucht? Wollte sie es nicht vermeiden, nur ein schneller Flirt zu sein?

„Das Wasser wird warm", rief Francesco.

Es ist doch längst warm, mein Lieber!

Schnell warf Cleo sich den Jumpsuit über und schlüpfte in ihre Sandalen. Sie mochte einfach Francescos Nähe. Gedanken aus! Herz an!

Fast elegant führte Francesco Cleo die Stufen hinunter. Erst jetzt musterte Cleo ihn genauer. Er trug legere dunkle Shorts. Wie gut er roch! Sein süßes Parfüm raubte ihr die Sinne. Ob diese Überstundengeschichte stimmte, oder drehte er da vielleicht sogar etwas mit Valentina, damit er bei ihr sein konnte?

So ein Quatsch, Cleo!

Wie am Abend zuvor zog Cleo das bunte Lichterspiel auf der Pool-Wiese und im Palmengarten in ihren Bann. Es lief keine Musik und doch lag Harmonie in der Luft. Hörte sie Grillen zirpen? Gab es in Italien Grillen?

Es war sonst ziemlich still hier draußen. Niemand war im Planschbecken. Nur ein paar ältere Leute saßen um das große Becken herum. Cleo spürte, dass der Rasen nass war. Er kitzelte ihre Zehen in den Sandalen. Jemand musste ihn bewässert haben.

Und schließlich geriet sie vollends ins Staunen. Dort neben dem Kinderbecken war ein Tisch aufgestellt. Cleo versank im warmen Schein vieler Kerzen, die um ihn herum aufgebaut waren.

Sie nickte beeindruckt.

„Bin ich ein guter Kellner?", flüsterte Francesco triumphierend.

Cleo rümpfte die Nase. „Bis jetzt hab ich nur einen umwerfend gedeckten Tisch gesehen", konterte sie und bestaunte die liebevoll zu einer Blüte gefalteten Servietten. Wann hatte er die denn bitte gebastelt? Hatte er dieses Dinner schon viel länger geplant gehabt?

„Komm, gib es zu! Das mit den Blumen hab ich raus."

Er schaute Cleo an wie ein Welpe und entlockte ihr dadurch ein Lächeln. Höflich zog Francesco ihren Stuhl vom Tisch zurück, damit sie sich setzen konnte.

„Ich bin gleich wieder da."

Cleo sah ihm verzaubert nach. So etwas hatte noch nie jemand für sie getan.

Sie berührte fasziniert das kostbare Tischtuch und ließ sich noch einmal vom Schein der vielen Teelichter auf dem Boden einfangen. O was wäre nur, wenn Valentina das sehen würde? Oder gar die hübsche Kellnerin?

Sofort legte sich ein listiges Lächeln auf Cleos Lippen. Sie drehte sich um. Die Gäste am Pool waren andere als die, die gestern über einen flotten Gigolo gesprochen hatten.

„Signorina, stia attenta!" Aufgepasst, Fräulein!

Gekonnt balancierte Francesco zwei Teller und Gläser herbei und stellte sie behutsam neben Cleo ab. Ein Nudelgericht in allen möglichen Farbnuancen präsentierte sich dampfend. Cleo nickte beeindruckt und verlor sich noch einmal in seiner Überraschung.

„Hast du mich gehört?"

„Wie bitte?"

Er lachte, schüttelte den Kopf und drehte sich herum. Rätselnd sah Cleo ihm nach.

„Prosecco ist besser für den Jumpsuit."

Er kam mit einer Flasche zurück. Cleo griente.

„Du hörst mir nicht zu, dolce signorina!" Süßes Fräulein!

Er beugte sich dicht neben Cleo herunter und goss sprudelnden Sekt in ihr Glas.

Cleo atmete schnell. Ihr Blick fiel auf Francescos Lippen. Sie hatte sie dort im Keller gespürt. Unendlich weich, ein endloser Kuss.

Sie räusperte sich. Nervös schlug sie ihre Beine übereinander. Sie kann doch jetzt unmöglich etwas essen? Ihr ganzer Körper pulsierte. Wie könnte sie sich da noch konzentrieren?

Francesco setzte sich und wirkte plötzlich auch etwas verlegen, denn er suchte ungewohnt lange nach Worten.

„Na?", stichelte er leise.

„Der Haifisch-Bändiger wartet auf Bewunderung", neckte Cleo ihn.

„Habe ich die nicht verdient, so ein kleines bisschen?"

„Doch, durchaus, kann sich sehen lassen."

Er strahlte.

„Danke", sagte Cleo leise.

„Gerne, für den miserablen Start in den Abend." Er hob sein Glas. „Auf einen besseren Ausgang!", sagte er.

„Vielleicht", gab Cleo zurück und nippte nervös an ihrem Prosecco.

„Hab Vertrauen in mich."

Genau das war es, was Cleo nicht hatte. Der Kloß im Hals war wieder da. Verlegen schaute sie sich um.

Was meinte er überhaupt mit dem schlechten Start? Meinte er die finstere Begegnung mit dem Fischer, den Rotwein auf ihrem Kleid und das abgebrochene Abendessen oder gar ihren Kuss? Cleos Stirn legte sich in Falten. Sah er das im Keller unten als miserabel an, als Fehler und wollte ihn hiermit bereinigen?

„Buon appetito!" Francescos Lächeln war ansteckend, obwohl Cleo innerlich gar nicht nach Strahlen war.

Nervös spießte sie eine der bunten Nudeln auf ihre Gabel. Sie schienen gefüllt zu sein. Francesco beobachtete sie genau.

„He!", rief sie und sofort verstand er und schaute vehement und grinsend auf seinen eigenen Teller.

„Schmeckt sehr gut", gestand sie schüchtern.

Das alles hier beeindruckte Cleo schon und trotzdem hinterfragte sie darin seine Absicht.

„Was meinst du? Tauge ich auch als Koch?"

„Du hast das gekocht?", staunte Cleo.

„Nee", scherzte Francesco. „Ich wollte nur vorsichtig herausfinden, ob es dir schmeckt."

„He!" Aufgeregt schlug Cleo mit ihrer kostbaren Serviette, die er so liebevoll gefaltet hatte, gegen seine Hand.

„Gefällt dir mein Land denn immer noch?"

„Ich liebe es. Wenn ich könnte, würde ich auswandern, um hier zu leben. An diesem Ort die Sonne untergehen zu sehen, das ist schon etwas Besonderes. Ich habe heute den See unter mir gespürt. Einfach aufs Wasser zu blicken, das ist Freiheit", schwärmte Cleo. „He, du schaust mich wieder an, als würdest du mich als das perfekte Werbegesicht sehen."

Francesco lachte. „Aber nein. Das sind nur deine frivolen Gedanken."

Ihre Augen blitzten.

Francesco aß sehr langsam, doch seine Beine bewegten sich unter dem Tisch. War er genauso nervös? Und plötzlich war es still und sie hörten nur das Sprudeln des kleinen Beckens.

„Was machst du, wenn du nicht in Italien bist?"

Cleos Gesichtsausdruck veränderte sich. Ihre Finger hielten nun konzentrierter ihre Gabel, als müsste sie ihre perfekte Maske aufsetzen. „Ich arbeite in einer Marketingfirma."

Francesco grübelte. Sein Blick hing gebannt an ihren Lippen.

„Werbung", erklärte Cleo. „Ich …"

Sie überlegte. Sollte sie von dem Vorhaben erzählen, sie in die Geschäftsführung zu erheben? Nein! Sie bekam sofort eine Gänsehaut. Leidiges, unliebsames Thema!

„Ich bin Sekretärin dort."

Francesco nickte.

„Du schaust so, als hättest du dir genau das vorgestellt."

„Es scheint, als könntest du alle meine Gedanken lesen", scherzte Francesco frech, schob seinen inzwischen fast leeren Teller zur Seite und stützte seinen Kopf auf seine Hände. Herausfordernd schaute er Cleo an.

„Was meinst du, was ich denke?"

Cleo versank in seinen dunklen Augen. Sie schluckte. Ihr wurde viel zu warm.

„Ich kann keine Gedanken lesen", sagte sie und Francesco schien erfreut über ihre Verlegenheit zu sein. Seine Mundwinkel formten sich zu einem Lächeln.

„Das ist manchmal von Vorteil."

Er zwinkerte ihr zu.

Okay!?

Nervös stocherte Cleo weiter mit ihrer Gabel im Essen umher. Ihre Wangen brannten. O nein! Versehentlich stieß sie mit ihrem Fuß gegen Francescos Bein. Hoffentlich wertete er das jetzt nicht als eindeutige Antwort auf seine zweideutige Aussage!

Aber wäre das so schlimm?

Ja, dachte Cleo und schimpfte stumm mit sich selbst. *Er soll dich nicht für billig halten.*

„Ich kümmere mich dort um den ganzen Schriftkram, organisiere Termine, bereite Besprechungen vor."

„Du kochst bestimmt auch den besten Kaffee."

„Nein, aber ich bin die Einzige, die perfekt die neue Kaffeemaschine bedienen kann", konterte sie und suchte genauso den tiefen und langanhaltenden Blick. Francesco fuhr sich mit dem Finger nervös über die Lippen.

„Ist es stressig?“

Cleo gewann Sicherheit im normalen Smalltalk.

„Ich bin die Herrin des Chaos. Aber ich gestehe, wenn Meetings anstehen und die Elite aus unterschiedlichen Firmen antanzt, dann ist es manchmal schon ein Kunststück alle Termine und Aufgaben unter einen Hut zu kriegen.“

„Liebst du deine Arbeit?“

Das war wieder so eine Frage, auf die sie gerade keine richtige Antwort fand.

„Ich habe vielleicht mal von einem anderen Beruf geträumt, aber ich bin ganz glücklich damit.“

„Erzähl mir von deinen Träumen!“

Francesco lehnte sich wieder entspannt zurück. Aber er spielte weiter mit ihr durch seinen Blick. Cleo atmete angestrengt. Wie mochte es jetzt wohl sein, ihn zu berühren, seine Hand in ihrer zu fühlen, während er sprach?

„Erzähl mir lieber von dir“, lenkte sie ab. „Liebst du deinen Job? Machst du das schon immer? Wurdest du in Italien geboren?“

Cleo sprach viel zu schnell und ließ Francesco wieder grinsen.

„So viele Fragen auf einmal“, stänkerte er spaßig mit ihr. „Ich bin ein waschechter Italiener. Ich habe immer in Limone bei meiner Mama gelebt. Ich wollte immer hier arbeiten und ich habe den Job bekommen.“

„Was ist mit deinem Papa?“, fragte Cleo vorsichtig.

„Mein Papa ist früh gestorben.“

„O, das tut mir leid.“

„Schon gut. Ich habe kaum Erinnerung an ihn.“

„Warst du mal in Deutschland?“

„Nein. Italien ist großartig! Warum sollte ich woanders hinwollen?"

„Ganz schön verliebt in dein Land", zog Cleo ihn auf. „Aber ich stimme dir zu. Es muss herrlich sein, hier zu leben und jeden Tag dieses Lebensgefühl in sich zu tragen. Man müsste einfach auswandern und hier leben", schwärmte sie. Gedankenverloren nippte sie an ihrem Glas.

„Fischer müsste man sein, den ganzen Tag draußen auf dem Wasser verbringen, die Freiheit genießen, in der Natur glücklich sein."

Verstand Francesco diese kleine Anspielung mit dem Fischer?

„Kannst du angeln?", fragte er erstaunt.

„Nein. Aber wenn ich es könnte …"

„Dann würdest du auswandern?"

Francesco zwinkerte ihr frech zu. Er nahm vorbildlich Cleos leeren Teller und stellte ihn auf seinen, hob sein Glas und zog die Augenbrauen hoch.

„Komm, aufs Auswandern!"

„Ähm …"

„Auf den Abend!", sagte sie stattdessen.

„Spielverderberin!", flüsterte Francesco, nippte genauso gekonnt wie Cleo an seinem Getränk und drehte sich dem Planschbecken zu.

„Auch wenn hier immer viel zu tun ist, ich liebe die Arbeit. Ich liebe es, mit den Gästen zu albern, sie beim Essen zum Lachen zu bringen. Ich genieße es, wenn sie sich an ihrem Urlaub erfreuen. So wie du."

Das war alles?

Er blinzelte. Und nun war es wieder still, peinlich still. Beide schauten auf das Becken und nur das Sprudelwasser plätscherte. Die Lichter färbten das Wasser in einem sanften Fliederton.

„Hast du eigentlich Ärger bekommen wegen der zerbrochenen Teller? Die Rezeptionistin fand das nicht schön, oder?"

„O Valentina? Nein!" Er schüttelte beruhigend den Kopf. „Valentina ist eine gute Seele. Sie liebt uns alle und vor allem die Gäste. Aber sie mag es nicht, wenn wir die Gäste noch mehr mögen."

Er rümpfte die Nase. Cleo lachte.

„Verstehe. Liebschaften sind tabu."

Francesco nickte verwegen.

„Liebschaften", stimmte er zu. „Aber gegen die wahre Liebe ist sicher nichts einzuwenden", gab er lässig hinterher und prompt verschluckte sich Cleo an ihrem Prosecco.

„Vorsicht beim Trinken!"

Hatte er das gerade wirklich gesagt? Das ging aber ein bisschen fix. Die wahre Liebe?

Cleo! Du interpretierst da gerade zu viel hinein!

„Alles gut?"

Während Francesco sich amüsierte, nickte Cleo und wischte sich ihr nasses Kinn ab.

„Alles gut."

Ihre Hände zitterten. War das peinlich! Ihr Herz klopfte viel zu schnell. Vorsichtig stellte sie das Glas wieder zurück auf den Tisch. Um einer weiteren Bemerkung in diese Richtung aus dem Weg zu gehen, erhob sie sich.

Nicht nachdenken! Einfach tun!, sprach sie sich Mut zu. Lässig stieg sie aus ihrem Jumpsuit.

„Wie sagt man bei uns? Mit vollem Bauch soll man nicht ins Wasser gehen?"

Francesco runzelte die Stirn. Sein verwirrter Gesichtsausdruck wandelte sich schnell in ein Lächeln. Seine unterhaltsame Gesellschaft wollte den Pool unsicher machen. Nervös spielte er mit seinen Fingern. Sein Blick wanderte über ihre schlanke Figur, flüchtig nur und unsicher. Doch schnell fasste er sich wieder.

„Und du brichst die Regeln", sagte er.

„Wir wollen doch nicht, dass das Wasser warm wird", wiederholte Cleo seine Äußerung von vorhin und setzte ihren Fuß auf die Treppe, die ins Becken führte. Das Wasser war wohlig warm. Und als sie nun hineinstieg, hatte sie das Gefühl, die Luft wäre viel kühler als das Innere des Pools. Es war angenehm, seinen Körper ins Nass hineingleiten zu lassen.

„Kannst du noch einmal so sinnlich ins Wasser steigen? Für das Werbegesicht!", spielte Francesco mit ihr und hob sein Glas, während er nun auch an das Becken trat und mit dem Fuß nervös an dessen Rand auf und ab wippte.

„Du bist gemein!"

„Ja, genau so! Mach das noch einmal!", sagte Francesco, doch dann wurde er stumm. Fast starr beobachtete er Cleo. Sie fing seinen Blick.

Luft! Ich muss atmen!

Schnell wandte sie sich ab und drehte eine Runde im Wasser. Es war beeindruckend. Dort oben am Himmel leuchteten bereits die ersten Sterne und sie war hier unten harmonisch eingebettet in einem bunten Farbenmeer aus Lichtern, die das Wasser färbten und genoss den späten Abend.

„Warum bist du alleine hier? Warum ist dein Freund nicht bei dir?"

Diese Frage saß!

Darüber wollte Cleo jetzt ganz und gar nicht reden. Viel lieber wollte sie noch einmal in diesen dunklen Augen versinken, die sie so hypnotisierend ansahen.

„Erzähl mir lieber davon, warum du so einen schlechten Ruf hast", wechselte Cleo listig das Thema und hängte sich zu seinen Füßen an den Rand des Beckens.

Hatte er wirklich einen schlechten Ruf? Sie wollte es herausfinden. Aber selbst wenn, würde er es ihr ja kaum bestätigen. Vielleicht brachte es sie näher an das Geheimnis zwischen ihm und dem Fischer heran.

Francesco seufzte. Er sah nun ernst aus. Sein Strahlen war erloschen. Er sah zu Cleo hinunter, als würden sie bereits seit Jahren jegliches Geheimnis voneinander kennen.

„Da ist nichts dran", versicherte er.

„Und was ist mit dem Fischer los gewesen? Ihr habt euch so zornig angesehen."

Francesco setzte sich an den Beckenrand und ließ die Füße ins Wasser baumeln. Fast berührte Cleo sie und schreckte zurück.

„Was war da los?", stichelte Cleo weiter.

Nun verfinsterte sich Francescos Miene ganz. Er stellte sein Glas ab und beinahe sah sein Gesicht wieder so aus wie oben vor der Tür, nachdem er sein arges Klopfen gestoppt hatte.

„O nein! Keine schlechte Laune kriegen!“, warnte Cleo ihn.

Mit einem festen Ruck zog Cleo ihren Kellner ins Wasser.

Francesco stieß einen kurzen Schrei aus. Das Wasser schwappte über, während er unterging. Cleo griff nach ihm, doch verfehlte ihn. Er war zu schnell.

Schnell kämpfte er sich rudernd wieder an die Oberfläche. So mit nassen Haaren war er noch einen Tick attraktiver. Seine Augen funkelten. Plante er eine Revanche? „Meine Klamotten!“

Und im Nu fing er Cleo mit seinem Arm ein.

„Nein!“, verteidigte sich Cleo und wäre fast im Pool gestolpert. Francesco brachte seine freche Nixe aber schnell wieder zum Stehen.

„Die stinken sowieso nach Bratfett“, konterte Cleo auf seine Bemerkung.

„So?“, sprach er tief. Seine Augenbrauen hoben sich und sein Blick wanderte über Cleos Hals. Sein Arm hielt sie fest. Cleo erschauerte. So nah, wie er ihr war, musste er ihren heftigen Herzschlag spüren. Flüchtig legte sie ihre Wange an seine. Dieser Moment der Nähe war unbeschreiblich, doch leider zu kurz!

Unvorbereitet warf Francesco sie zurück ins Wasser. Cleo ging kurz unter. Sie wedelte mit ihren Armen und tauchte wieder auf. Bissig spitzte sie ihre Lippen.

„Das war gemein!“, zischte sie.

„Gemeiner als den besten Kellner der Welt in voller Montur ins Wasser zu ziehen?“, fragte er ernst, lächelte aber dann.

„Na warte!“, sagte Cleo und setzte zum Angriff an. Doch sobald sie Francesco berührte, schlang er beide

Arme um sie. Er hielt sie gefangen und plötzlich schien es totenstill zu sein um sie herum. Die anderen Gäste schienen sich aufgelöst zu haben. Cleo spürte nur ihr Herz, ihn und diese unglaubliche Kraft zwischen ihnen beiden. Magie!

„Wir sind quitt. Oder nicht?“, sagte er. Er hielt ihre Handgelenke noch immer fest auf ihrem Rücken zusammen. Cleo spürte, dass seine Brust genauso sehr bebte wie ihre.

Francesco senkte seinen Kopf. Cleo rang nach Luft. Genauso hatte er es vorhin im Keller getan! Würde er sie wieder küssen?

Sie genoss seinen festen Griff. Doch er machte sie noch viel nervöser.

Nein! Er wollte nicht ihren Hals küssen!

Er ließ eine Hand frei und hielt die andere noch weiter gefangen. Zärtlich strich er Cleos nasses Haar zurück, das sich aus ihrer Spange gelöst hatte. Sein Finger wanderte über ihre Wange. Seine Lippen suchten ihre!

Sein Mund berührte ihren, viel zu sanft, fast vorsichtig.

„Noch kannst du fliehen!“, flüsterte Cleo und neckte ihn mit einem Kniff in die Seite.

„Gleiches gilt für dich!“, hauchte er und nahm Cleos freie Hand wieder gefangen.

Sie spürte, dass nicht nur seine Brust erzitterte. Sie fühlte, dass sein Körper nach mehr verlangte, nach mehr als nur einem Kuss.

Cleo legte ihren Kopf auf seine Schulter.

„Ich soll dich also beißen?“, neckte er sie und blies ihr dabei sanft seinen Atem an den Hals.

Verwirrt sah Cleo ihn an.

„Na, du hältst so zärtlich deinen Hals für mich bereit?"

„Tue ich das?"

Welche Macht sein Körper und sein Blick über sie hatten!

Er bewegte sein Becken.

Noch einen Augenblick länger und ich verliere die Besinnung!

Er senkte den Kopf und beschenkte sie noch einmal mit einem Kuss. Behutsam suchte er nach Cleos Zunge, fand sie und nun hielt ihn nichts mehr. Leidenschaftlich dirigierte er das Zungenspiel, das Cleo mehr und mehr zum Glühen brachte. Francesco gab ihre Hand frei, legte seine Hände auf ihre Wangen und beherrschte diesen Kuss. Cleo erlag ihm hingebungsvoll. Sie schlang ihre Arme um den temperamentvollen Italiener. Seine Finger suchten sich ihren Weg.

Er wird doch nicht hier? Hier draußen?

Cleo konnte keinen klaren Gedanken mehr fassen.

Seine Hände suchten ihren Po. Er löste seine Lippen von ihr und atmete hastig. Sein Blick sagte, dass er zu allem bereit war. Kein Lächeln mehr, einfach nur diese durchdringenden Rehaugen! Hier, jetzt, sofort, in diesem Augenblick, mitten im Pool.

Doch dann …

Nein!

Ein Klirren.

Ein Räuspern.

Die dunkelhaarige Kellnerin stand neben dem Becken. Der Blick, den sie Francesco zuwarf, vermochte zu töten. Sie sagte kein Wort und trotzdem löste sich der mehr als charmante Kellner von Cleo und stieg aus dem Wasser.

Das saß!

Cleo fühlte sich wie vor den Kopf gestoßen. „Francesco?", rief sie.

Keine Antwort. Er hatte sie zurückgelassen, als wäre sie Luft. Er nickte der Kellnerin zu. Sie beugte sich zu ihm und flüsterte ihm irgendetwas zu. *Was bitte?!* Diese Ziege lächelte! Sie drehten Cleo den Rücken zu.

So ein Verhalten werde ich ihm nicht durchgehen lassen! Vorbei mit Flirten und Fummeln!

Ihr Kellner und die dunkelhaarige Grazie gingen zurück ins Hotel.

Sicher hat er doch arbeiten müssen und hat nur geschwänzt, versuchte Cleo sich einzureden. Aber sie wusste es besser. Das Lächeln der Grazie war deutlich gewesen.

So nicht mit mir, mein Freund!

Wütend folgte Cleo ihnen, griff ihren Jumpsuit und hastete in Richtung Zimmer davon.

Männer sind doch alle gleich!

7. Temperament

Die schlaflose Nacht hatte zusätzlich zu Cleos schlechter Laune an diesem Morgen beigetragen. Doch dann machte eine SMS alles noch schlimmer. Greg!

Ich weiß, wo du bist. Vergiss das nicht!

„Soll das eine Drohung sein, Greg?", rief sie ins Zimmer hinein, als könnte er ihren Wutausbruch hören. Sie schnaubte laut.

Greg macht sich doch nur Sorgen um sein Ansehen in der Firma. Was werden die Leute denken, wenn sie wüssten, dass er die Tochter des Firmenchefs betrogen hat?

Verärgert wischte Cleo den gerade aufgetragenen Lippenstift mit einem Taschentuch wieder ab.

„Zeit für Selbstliebe pur! Ich will das alles nicht mehr, von irgendwelchen Männern und ihren Allüren abhängig sein."

Ihr Spiegelbild ließ ihren Kampfgeist zurückkehren. Sie griff entschlossen und bereit für einen atemberaubenden Tag in Italien nach ihrer Handtasche und öffnete die Tür.

Sie blickte auf den Flurboden.

Was war das?!

„Nein!" Vor der Tür standen ihre Sandalen vom gestrigen Abend.

Verflucht! Ich habe sie schon wieder vergessen!

Auf den Schuhen lag ein Zettel mit einem Smiley darauf.

„Idiot!“, grummelte Cleo, warf ihre Sandalen ins Zimmer zurück und schenkte ihnen keine weitere Beachtung. In Turnschuhen stolzierte sie schließlich wieder hinaus.

Die passen ohnehin besser in mein neues Leben.

Sie rümpfte die Nase. Sicher dachte der heißblütige Zweigleisfahrer nun, er hätte ihr den Verstand geraubt. Jedes Mal vergaß sie ihre Schuhe!

Cleo hatte das Frühstück ausfallen lassen und verließ das Hotel erst kurz vor Mittag.

Heute war es draußen etwas kühler. Und doch erfüllte sie der Anblick dort von ihrem Stammplatz aus am Hafen sofort wieder mit Frieden. Sie lehnte sich auf der Bank zurück. He, da war wieder der Fischer! Freundlich nickte er.

„Buongiorno, signorina!“

Cleo lächelte selig. Buongiorno hieß doch „Guten Morgen“. Oder nicht? Für den lieben Fischer startete der Tag also heute auch spät, immerhin war es schon fast Mittagszeit.

„Lust auf eine kleine Fahrt?“

„Wie kann ich so eine freundliche Einladung ablehnen?“, freute sich Cleo. Das war jetzt genau das Richtige.

„Ich habe heute die Netze schon geleert. Aber ich kann Sie mit rüber nehmen nach Malcesine. Meiner Familie wäre es eine Freude, wenn Sie mit uns essen.“

Cleo nickte höflich.

„Du“, korrigierte sie ihn.

Der Fischer lachte.

„Du."

Heute ging der Einstieg in das kleine Fischerboot schon besser. Respekt hatte Cleo trotzdem vor dem ungewohnten Transportmittel.

„War es ein guter Fang? Das fragt man doch so, oder?", fragte sie etwas befangen.

Heute war es nicht nur etwas kühler, das Wasser ließ das Boot auch mehr schaukeln. Aber Cleo fühlte sich in der Obhut des Fischers schnell absolut sicher.

„Es war ein sehr guter Fang", sagte er.

„Mach ich deiner Familie auch wirklich keine Umstände?"

„Nein, nein! Wir freuen uns. Ich habe von dir erzählt."

„Von der Deutschen, die so begeistert von Italien ist?"

„Ja!", meinte er.

„Ist es weit bis nach Malcesine?"

„Nein. Vielleicht eine halbe Stunde."

Cleo genoss die frische Brise, die ihr abkühlend um die Nase wehte. In den letzten Tagen war es sehr heiß gewesen.

Sie schaute zurück zum Hafen. Viele der Fischerboote hatten einen Motor. Ihr Fischer ruderte lieber. Oder konnte er sich kein Motorboot leisten? Würde es der Familie wirklich recht sein, wenn sie zum Essen käme?

„Malcesine ist noch schöner als Limone", strahlte er. „Hast du dir Limone schon angesehen?"

„Nein. Irgendwie noch nicht wirklich", gab Cleo zu.

„In Limone und der Umgebung gibt es so viele schöne Dinge zu entdecken."

Aber Cleos Gedanken waren längst wieder woanders. Sollte sie ihn fragen, was mit Francesco war? Ein Kloß lag in ihrem Hals. Sie konnte es nicht. Vielleicht war alles ja auch nur Einbildung, das mit den zornigen Blicken. Francesco brachte sie schließlich immer ganz schön durcheinander.

Das gleichmäßige Wanken entspannte Cleo. Sie ließ ihren Arm über den Rand des Bootes hängen. Ihre Finger genossen das kühle Nass, in das sie beim Strecken eintauchten.

„Gehen die Leute hier auch baden?", fragte sie neugierig.

„Hier nicht. Aber es gibt schöne Strände. Nur viele sind immer sehr voll jetzt im Sommer."

„Ich habe bis jetzt nur den Hotelpool getestet", erklärte Cleo und sofort wurden ihre Wangen wieder warm. Sie wollte diese Erinnerung an ihr gestriges Badeerlebnis nicht hochkommen lassen.

„Dort drüben ist Malcesine", erklärte der Fischer schließlich und er hatte nicht übertrieben.

Cleo sah schon aus der Ferne die Häuserkulisse in unterschiedlichen Farben. Es wirkte, als näherten sie sich einer längst vergangenen Epoche. Ein alter Turm stand dort am Hafen. Je näher sie kamen, desto mehr fing Cleo die Schönheit dieses Ortes ein. Er ähnelte Limone und besaß doch seinen ganz eigenen Charme. Zwischen den Booten tauchte die eine oder andere kleine Yacht auf. Der Hafen war längst nicht so überlaufen wie in Limone.

Der Fischer legte an. Cleo hielt den Strick, mit dem er sein Boot an einem anderen befestigen wollte. Sie kniete etwas wackelig.

„Grazie, Signorina."

Ein anderer Fischer begrüßte sie mit einem Nicken.

Cleo erwiderte es. Hier in Italien waren alle freundlich und zuvorkommend.

Bis auf „Signorina Rotwein!"

„Von hier aus sind es nur ein paar Minuten zu Fuß", erklärte der Fischer.

Doch zunächst zog Cleo der kleine Markt auf dem Platz in seinen Bann. Der Fischer nickte amüsiert, da Cleo diesen mit großer Begeisterung betrachtete. Geduldig schlenderte er neben ihr her, während sie sich an den Ständen nicht sattsehen konnte. Hier und da wurden geschnitzte Kunstwerke angeboten, gewebte Tücher, Kerzen und Seife. Der Anblick der duftenden Zitronenseife versetzte Cleo kurz einen Stich. Schnell verdrängte sie das Bild der dunkelhaarigen Schönheit aus ihrem Kopf, das beim Gedanken an ihr Gespräch mit Francesco über ihren Seifenaltar auftauchte.

„Wie wunderschön", flüsterte Cleo und blieb bedächtig stehen. Der Fischer bestätigte dies.

„Nimm sie mit!", riet er ihr und sah zu, wie Cleo fast ehrfürchtig über eine Kette strich. Eine winzige Muschelnachbildung mit einer Perle zierte sie als Anhänger. „Möchten Sie die Kette haben?", fragte der freundliche Mann an dem Stand. Prompt nahm Cleo das Angebot des Verkäufers an.

„Gerne. Ich nehme sie."

Sie kramte ihre Münzen hervor und reichte sie dem Händler.

„Grazie!"

„Danke!"

Für viele Touristen mochte diese Kette billiger Schund sein, einfacher Modeschmuck, für Cleo aber drückte sie gerade ihr Lebensgefühl aus.

Und schon tauchten sie weiter ein in Malcesine, das Limone in seiner Schönheit in nichts nachstand. Nein, viel mehr hatte Cleo das Gefühl, in der engen Straße ganz in eine alte Zeit einzutauchen. Die Häuser hier waren aus kleinen aufeinandergestapelten Feldsteinen gebaut, ebenso wie der Weg, der steil hinaufführte. Ihre Turnschuhe waren jetzt eine wahre Wohltat.

„Dort drüben ist es schon", sagte der Fischer strahlend.

Das letzte Haus am Ende der Sackgasse war seins. Es lag am höchsten und wirkte doch am unscheinbarsten. Es war in einem faden Rosa angestrichen. Nur an der hölzernen hellblauen Tür hing eine Blumenranke. Die Fensterläden waren weiß gestrichen. Zwei Herzen waren auf jeder Seite hineingeschnitzt.

Cleo atmete tief durch. Sie wurde nervös.

„Keine Angst. Du wirst meine Familie lieben wie Italien", sagte der Fischer und lachte.

Er öffnete die Tür und es roch bereits herrlich. Was war das? Cleo fühlte sich, als betrete sie eine Kräuterküche. Es waren angenehme Düfte. Und wieder musste sie grinsen. Da war es wieder, das Phänomen mit ihrer Nase und den Düften!

„Ah! La cara signorina della cittá lontana!" Ah! Die liebe junge Dame aus der fernen Stadt!

Überrascht trat Cleo zurück. Die Herzlichkeit, mit der sie die ältere dunkelhaarige Dame begrüßt hatte, machte sie sprachlos. Liebevoll und mit viel Temperament nahm sie die fremde Frau in den Arm. Das musste die Gattin des Fischers sein.

„Ich habe dir gesagt, du wirst meiner Familie eine Freude machen", wiederholte der Fischer seine Worte.

„Hallo. Ich bin Cleo.“

Die Frau nickte emsig.

„Benvenuta, Cleo!“ Willkommen, Cleo!

Cleo sah sich um. Die kleine Küche war komplett aus Holz. An jeder Ecke stand eine Vase mit frischen Blumen oder Kräutern.

Flink wie ein Wiesel holte die begeisterte Frau einen weiteren Teller aus dem Schrank, legte Besteck auf den Tisch und goss Cleo einen Orangensaft ein.

„Grazie“, sagte Cleo und erntete ein Lächeln.

Cleo setzte sich auf einen freien Stuhl.

Nun fühlte es sich doch etwas merkwürdig an, bei einer fremden Familie zum Essen zu sein, deren Landessprache sie nicht kannte. Der Fischer sprach gut Deutsch, aber bei seiner Frau war sie sich nicht sicher.

Doch ihre Anspannung löste sich schnell durch die Herzlichkeit, mit der man sie hier aufnahm. Eine große Schüssel Pasta wurde Cleo vor die Nase gesetzt. Nudeln standen hier wohl auf der Tagesordnung und das war gut so. Cleo liebte Nudeln!

Aber nun wunderte sie sich. Hinter dem dampfenden Essen stand ein weiterer Teller. Sie runzelte die Stirn.

„Meine Tochter kommt noch“, erklärte Agapito.

„Ach so.“

„Sie kommt immer zu spät“, zeterte die gute Frau und lächelte trotzdem dabei. Sie konnte also doch Cleos Sprache.

„Wir fangen einfach schon an“, entschied Agapito und hob Cleos Teller auf. Eine große Portion Pasta landete darauf.

Etwas nervös trank Cleo einen Schluck von ihrem Orangensaft.

„Vielen Dank", sagte sie. „Der Saft ist sehr gut."

„Selbst gepresst aus unseren eigenen Orangen", sagte die Hausherrin und strahlte über das ganze Gesicht.

Cleo staunte. So ein paar Orangen im Garten wären zu Hause auch nicht schlecht. Sie schluckte. Zuhause. Schlechter Gedanke.

„Wir freuen uns, dass du mit uns essen magst. Schlag zu! Hau ordentlich rein!", animierte sie der Fischer.

Nichts lieber als das!

„Wunderbar", sagte sie, als die ersten Nudeln in ihrem Mund verschwunden waren. Die Pasta-Soße hatte etwas Feuriges und doch verliehen ihr die Kräuter darin eine besondere Würze.

„Du musst unbedingt mal in unser Zitronenhaus. Dort kannst du sehen, wie die Zitronen wachsen."

„Sehr gerne. Das hat mir dein Mann auch schon empfohlen. Ich werde auf jeden Fall vorbeischauen."

„Ich hoffe, mein Mann war ein Gentleman? Wenn er draußen bei seinen Fischen ist, vergisst er manchmal das Reden."

Agapito wurde rot.

„O amore mio, cosa le stai dicendo?" O meine Liebe, was erzählst du ihr?

„O nein! Er war sehr nett", sagte Cleo.

Cleo verstand kein Wort, aber sie spürte, dass dieses betagte Paar sehr liebevoll miteinander umging.

Und sie könnte sich an das herrliche Essen hier gewöhnen. Doch nun öffnete sich die Tür.

„Ich glaube, Madonna ist da."

Die junge Frau trat in die Küche. Cleo traf der Schlag. Ihre Lippen waren leicht geöffnet und sie sollte mal endlich die Gabel wieder sinken lassen. Und auch die

Tochter des Fischers starrte sie entsetzt an. Cleos Finger verkrampften sich. Ihr Herz schlug plötzlich schneller.

Sie?! *Madonna!*

Es war die dunkelhaarige Kellnerin! Sie ist die Tochter des Fischers? So klein kann die Welt doch nicht sein!

Schicksal, was machst du mit mir?

„Setz dich, Madonna! Wir haben heute einen Gast", erklärte die Hausherrin. Doch ihre Freude steckte ihre Tochter nicht an. Gequält lächelte sie und setzte sich auf ihren Stuhl gegenüber von Cleo.

Ihre Haut war makellos. Ihre Brauen waren perfekt gezupft. Ihr Make-up betonte ihre dunklen Augen und war doch nicht zu auffällig.

Cleo schluckte und sie hatte das Gefühl, jeder könnte sehen, wie schwerfällig ihr Bissen sich auf den Weg durch ihre Kehle machte. Und es lag nicht an den köstlichen Nudeln!

„Hallo. Ich bin Madonna", sagte sie und auch der Klang ihrer Stimme sorgte dafür, dass sich Cleos Magen zusammenzog. Konnte es sein, dass Francesco ihr nahe stand, dass er ihr Haar berührt hatte, ihre Wange gestreichelt und sie geküsst hatte, wie er es …?

Cleo nahm nervös einen Schluck von ihrem Glas.

„Hallo, ich b-bin Cleo", stammelte sie und ärgerte sich darüber, dass sie ihre Unsicherheit nicht überspielen konnte.

„Unsere Cleo liebt Italien. Ich bin mir sicher, sie wird bald auswandern", sagte Agapito scherzend.

Was?

Was geschah hier?

Das war zu viel für seine attraktive Tochter.

Sie schoss hoch und warf dabei fast ihr Glas um. Ihr Gesicht zeigte keine Regung, aber ihre Finger waren zu einer Faust geballt. Sofort zeterte die Fischersfrau. Aber sie sprach so schnell, dass Cleo kein Wort erfassen konnte.

Es war Cleos Schuld. Mit Sicherheit. Diese Ziege konnte sie einfach nicht ausstehen und dann tauchte sie auch noch in ihrem Elternhaus auf.

Die Gattin des Fischers war ganz aufgebracht. Ihre Hand zitterte. Madonna riss die Tür auf und entfloh in den Flur und weg aus dieser Situation. Eine weitere Tür wurde laut zugeworfen.

„Was hat sie denn?"

„Ich glaube, es liegt an mir", sagte Cleo leise. Ihre Hände schwitzten plötzlich stark. Agapitos Stirn legte sich in Falten. Er sah Cleo merkwürdig an. Was war denn hier los?

„Ich denke, es ist besser, wenn du mich zurückbringst", sagte Cleo.

„Aber wir sind doch mit dem Essen noch gar nicht fertig", schnatterte die Herrin des Hauses.

„Ich weiß nicht, was mit ihr los ist", sagte der Fischer und seufzte.

Doch Cleo sah ihm an, dass er es ganz genau wusste. Er spielte plötzlich nervös mit seinem Besteck und die Haut seines Gesichts wirkte auf einmal fahl.

„Ich denke, es ist besser, wenn ich gehe", wiederholte Cleo.

Keine Minute länger wollte sie sich diesem Schauspiel aussetzen.

„Vielen Dank für die Gastfreundschaft. Das Essen war fabelhaft."

Die Frau verzog mürrisch den Mund. Doch Agapito erhörte Cleos Bitte. Er brachte sie zurück. Beim Fußmarsch zum Hafen und der langen Fahrt über den Gardasee sprach er kein einziges Wort. Und das machte die Rückreise zu einem quälenden Unterfangen.

In Cleo brodelte es, bis schließlich die Frage herausschoss, die sie schon die ganze Zeit beschäftigte.

„Was hat Madonna für ein Problem mit mir? Wie steht sie zu Francesco?"

Agapito gab keine Antwort. Er ruderte und tat, als hätte er Cleo nicht gehört. Er schaute hinaus auf das Wasser und lächelte, wie er es immer tat. So eine falsche Show! Was lief denn hier nur ab?

Erlösend erreichten sie endlich den Bootsanleger. Ein attraktiver Italiener begrüßte Agapito voller Enthusiasmus. Hatte er noch einen Sohn? Dieser Mann schien in Madonnas Alter zu sein.

Neugierig reichte er Cleo die Hand und musterte sie.

„Guten Tag, Schönheit!"

Cleo runzelte die Stirn. Mit Komplimenten hatten es die Italiener echt raus.

„Ich bin Pascale, Agapitos Nachbar."

„Hallo, ich bin Cleo", sagte sie plump. Sie wollte einfach nur weg von Agapito nach der Aktion in Malcesine.

Doch das Schicksal verlangte ihr noch mehr ab. Dort drüben vor dem Hotel stand Francesco. Er fing ihren Blick. Zorn? Groll?

Pascale drehte sich herum, als er merkte, dass Cleo penetrant hinter ihn starrte. Sofort lag diese Missstimmung auch in seinem Blick. Was stimmte denn mit ihrem Kellner nicht? Was hatten sie alle für ein Problem mit Francesco?

Cleo glaubte, dass das, was ihr Haibändiger da aussandte, auch ihr galt. Denn er drehte sich um, fast als flüchtete er.

Cleo war fassungslos. Wenn alle etwas gegen ihn hatten, warum verstand er sich dann so blendend mit Madonna?

O Cleo! Das ist das Problem!

„Danke", verabschiedete sie sich genauso lieblos. Das Boot hinter sich zu lassen, war der Anfang. Sie wollte das nicht mehr. Sie wollte kein leidiges Szenario mehr, wie das gerade. Greg hatte ihr genug Kummer bereitet.

Und während sie mit dem Touristenstrom mitlief, lag wieder ein Kloß in ihrem Hals. Plötzlich waren Gregs Worte zurück in ihrer Erinnerung.

Er weiß, wo ich bin. Hoffentlich taucht er hier nicht noch auf, weil ich anständig an seine Seite gehöre. Für das Ansehen im Unternehmen.

In ihren Gedanken lag die pure Verbitterung, die sich mit Sarkasmus mischte.

Das Schlechte muss mit dem Guten gefüllt werden. Und so schlenderte Cleo die steilen Gassen entlang und folgte der Beschilderung zu dem Zitronenhaus, von dem alle geschwärmt hatten.

Lass doch alle machen, was sie wollen! Madonna eingeschlossen!

Und nachdem sie die Geschichte der Zitrone verfolgt, und die kräftigen Pflanzen bestaunt hatte, setzte sie sich mit ihrem Buch auf die Terrasse eines benachbarten Cafés. Sie spürte das Urlaubsgefühl, das in den vorbeiziehenden Italienbesuchern aufblühte, so wie es auch ganz und gar in sie zurückkehrte. Es war inzwischen spät. Der Himmel war ein orangerotes Farbenmeer. An diesen Anblick konnte sie sich gewöhnen.

Sie spazierte zurück und all des Ärgers zum Trotz, der ihr den Tag vermiest hatte, war sie aufs Neue fasziniert von dem Lichtermeer, das die kleine Urlaubswelt vor ihrem Hotel in eine bunte Farbkulisse verwandelte. Sie setzte sich auf die Kaimauer und ließ die Füße hinunterbaumeln. Selbst dort drüben auf der anderen Seite des Sees konnte sie heute Abend buntes Leuchten erkennen.

Deutschland braucht viel mehr bunte Lampions.

Sie seufzte und strich mit ihren Händen über den warmen Asphalt.

„Hi!"

Wer war das?

Cleo fuhr erschrocken zusammen und schaute auf. Neben ihr bückte sich Francesco zu ihr herunter. Er lächelte, als wäre nichts gewesen.

„Entschuldigung", flüsterte er und legte wieder seinen hypnotisierenden Rehaugen-Blick auf.

„Was ist das?"

Francesco hielt etwas in seinen Händen. Was verbarg er vor Cleo?

Er öffnete seine Hände.

Seife?

Cleo musterte das Stück. Es hatte die Form einer …

„Eine Ente? Quietsche-Enten-Seife?"

Cleo runzelte die Stirn, doch dann lachte sie. Neugierig nahm sie die Entennachbildung in Form einer Seife in die Hand. Francesco strahlte siegesbewusst.

„Ist das echt Seife?"

Sie schnupperte aufgeregt daran.

„Eine echte Seifenente."

Francesco klopfte sich grinsend auf die Brust. Seine Augen funkelten. O wie hatte Cleo diesen durchdringenden Blick vermisst! So nah waren seine Arme, seine Hände! Ob er auch den Wunsch verspürte, sie zu berühren?

Sie befeuchtete ihre Kehle. Ihr Herz klopfte plötzlich unkontrolliert.

„Ich fürchte aber, die Ente wird nie das Schwimmen lernen", sagte Francesco und spielte dabei den Betrübten, indem er traurig auf das Wasser schaute.

Cleo schenkte ihm ein verstohlenes Lächeln.

Flüchtig berührte Francesco ihre Hand. Er nahm ihr die Seife ab. Behutsam kam er ihr näher.

O bitte küss mich!

Doch er tat es nicht. Seine Lippen berührten fast Cleos Ohr. Sie bebte.

„Und soll ich dir mal ein Geheimnis verraten?", hauchte er. Cleo wurde heiß. Ihre Hände wurden feucht.

„Ja-a?", stammelte sie.

„Die Seife riecht nach Zitrone", flüsterte er und lachte dann laut.

Verspielt schlug Cleo ihm auf den Arm.

„Das ist mir nicht entgangen", verteidigte sie sich.

„Ja, genau so!", rief Francesco begeistert. „Schau noch einmal so wie eben und halte dabei die Seife in die Höhe!"

„Du bist doof!", erwiderte Cleo und kicherte. „Danke", sagte sie dann leise und nahm ihren Schatz wieder an sich. Die Seife war mehr als nur ein Geschenk. Sie zeigte, dass Francesco ihr zugehört und sich Gedanken gemacht hatte.

„Und nun schaut sie aus wie eine Träumerin", sagte er und setzte sich neben sie. Cleo widerstand der Versuchung, ihm ihre Zunge herauszustrecken. Sie spürte seine Wärme. Wenn er sie doch nur endlich in den Arm nehmen würde! Aber er tat es nicht.

Cleo wurde unruhig. War Madonna seine Freundin und er wollte Cleo nicht mehr zu nahekommen?

„Jeder Mensch braucht seine Ente", zog Francesco sie auf. „Schau!"

Er nahm noch einmal die Seife und berührte dabei mehr als nur flüchtig ihre Hand. Suchte er doch nach mehr Nähe?

Spaßig hielt er ihr die Seife an den Kopf.

„Du hast das perfekte Entengesicht", sagte er frech.

„Grr!", knurrte Cleo. „Du verstehst das nicht."

„Doch", sagte Francesco überzeugt und noch einmal kam er so dicht an sie heran, dass sich fast ihre Lippen berührten.

„Ich bin nur neidisch, weil ich noch nicht meine Erfüllung gefunden habe." Er sog Cleos Duft auf, wie sie seinen. Cleo atmete schwer. Doch sofort zog Francesco sich wieder zurück.

Seine Erfüllung noch nicht gefunden?
Cleo dachte zu viel nach.

„Die Ente hat genug Charisma für uns beide", ergänzte Cleo und stieß ihm süß in die Seite. Sie holte ihr Handy heraus und achtete nicht auf die unheilvollen SMS, die da bestimmt auf sie warteten.

„Lächeln!", sagte sie und ihre Kamera war bereit.

Francesco zeigte sein breitestes Lächeln und während Cleo den Auslöser drückte, tat er, als würde er der Ente den Seifenkopf abbeißen. Laut lachte Cleo auf. Das tollste Selfie! Der perfekte Moment!

Das Bild fing diesen Augenblick ein.

„Wir sind wie Kinder", sagte sie und prustete los.

„Tut gut. Oder?", sagte Francesco. Doch etwas veränderte sich in seinem Blick. Er wirkte plötzlich reifer und fast ergriff Cleo wieder eine peinliche Anspannung. Er schaute auf die Muschelkette, die sie um ihren Hals trug. Viel zu lange ruhte sein Blick auf ihr. Cleo wurde nervös. Sah er ihre Brust beben? Unruhig nahm sie ihr Handy wieder auf.

„Wahnsinn!", rief sie, als sie in ihre Emails sah. „Meine Bewerbung!", triumphierte sie. „Eine Kunstgalerie will mich kennenlernen!"

Sofort erhob sich Francesco. Sein Gesicht war wie erstarrt, vollkommen ernst. Er wandte sich ab und ging.

Was?!

„Lässt du mich jetzt wieder einfach sitzen?!"

Keine Antwort. Was war das jetzt wieder für ein dramatischer Abgang? Fassungslos sah Cleo ihm nach.

8. Liebe unter Palmen

Cleo tobte innerlich noch immer und sie wünschte, Francesco wäre nicht davongestürmt, damit sie ihm dies auch hätte zeigen können. Warum hatte er so reagiert nach der Botschaft wegen der Stelle in der Kunstgalerie? Dachte er wirklich, sie hätte dort kein Leben und wäre bereit, auszuwandern?

Cleo drehte sich vor ihrem Zimmerspiegel. Sie trug ein schwarzes Kleid, dessen seitliche Knopfleiste mit Blumen verziert war.

„Du bist der, mit dem Geheimnis, Francesco", sagte sie, als könnte er sie hören.

Cleo nahm ihre Tasche. Flüchtig blickte sie auf ihr Handy und erstarrte. Zahlreiche verpasste Anrufe! Greg! Warum konnte er es nicht einfach gut sein lassen und genoss sein Leben mit seiner Affäre? Cleo trauerte ihm nicht mehr nach.

Doch nun lächelte sie listig. Sie öffnete die Galerie ihres Telefons und schaute verstohlen drein beim Anblick ihres Selfies mit Francesco.

„He!"

Sie wirkten wie frisch verliebt und Cleo wusste, sie war es auch. Sofort bebte ihr Herz wieder.

Ab an Greg!

„Gesendet!" Ihr Mund verzog sich nun doch schon etwas hämisch. Ob Greg diese Nachricht wohl verdauen konnte? Damit war die Sache wohl erledigt.

Cleo steckte ihr Handy zurück in die Tasche. Sollte Greg sich schwarzärgern, über das, was er aus diesem Foto schließen würde.

Nun war Zeit für das Dinner und Cleo war bereit dazu, ihren Kellner mit ihren Blicken in ihren Bann zu ziehen. Diesmal konnte er nicht einfach fliehen.

Heute spielte wieder die liebliche Musik. Cleo hatte sie inzwischen so oft gehört, dass sie sie hätte mitsummen können. Ihr Lieblingsplatz war frei. Sie setzte sich in ihre Ecke.

Da war Francesco! Er stand dort drüben und deckte einen Tisch ein. Cleo atmete tief durch. Wie edel er aussah und wie fachmännisch er tat, während er das Besteck ordentlich und gerade neben die Teller legte.

Er traute sich nicht einmal, in ihre Ecke zu schauen. Was für ein Problem hatte er nur?

Cleo schlug enttäuscht die Karte auf. Auf ihren Blickkontakt musste sie wohl noch warten.

Nach den Erlebnissen des Tages war ihr nicht mehr nach Pasta und Co. Sie seufzte und spielte gedankenverloren mit dem kleinen Muschelanhänger ihrer Kette. Sie ließ die letzten Stunden noch einmal Revue passieren. Dieses kleine Miststück Madonna hatte ihren Tag versaut.

Ob sie wirklich ...

„Einen schönen guten Abend! Sind Sie gerade frisch angereist? Wir haben eine Überraschung des Hauses für Sie."

Cleo erschrak und schaute auf. Er! Francesco beugte sich über ihren Tisch. Was war das jetzt wieder für eine Show?

„Du Idiot!", gab Cleo zurück und spürte sofort sein warmes Lächeln. Warum musste es in ihr nur immer alle Schmetterlinge wecken?

„Was ist das?"

Doch als Cleo nun auf die Suppe schaute, die Francesco ihr hinstellte, prustete sie los.

Auf dem grünen Suppenbrei hatte ihr Kellner aus Gewürzen ein mehr als grimmiges Gesicht gezaubert.

„Ja, doch, hat Ähnlichkeit", bestätigte Cleo und sah von dem Gewürzkopf auf Francescos Gesicht. Ihr Kellner schenkte ihr ein Augenzwinkern und marschierte auf den nächsten Tisch zu. Cleos Herz raste ungestüm.

„Dieser Idiot!", flüsterte Cleo kaum hörbar und seufzte. Was für eine freche Geste! Sie liebte diese Überraschungen. Francescos verstand es, sie zum Lachen zu bringen. Er war unverwechselbar. So einen wie ihn gab es wohl nur einmal auf dieser Welt. Sie schüttelte den Kopf und lächelte gedankenverloren, während ihr Blick erneut in seine Richtung ging. Cleo konnte es nicht erwarten, dass er noch einmal an ihren Tisch kam. Aber er ließ sich Zeit.

Cleo nahm einen Löffel ihres unerwarteten Essens auf und pustete. Vorsichtig probierte sie die Suppe. Es schien eine Art Erbsensuppe mit viel Curry zu sein. Sie schmeckte vorzüglich und Cleo machte sich einen Spaß daraus, mit dem Gesicht darauf zu spielen, indem sie den Löffel langsam darin bewegte.

„Wasser für die Dame, damit das Kleid fleckenfrei bleibt."

Hör auf mit dem Gewürzgesicht zu spielen! Francesco!

Da war er wieder. Cleo ließ unruhig ihren Fuß unter dem Tisch wippen. Francescos Augen leuchteten.

„Das Kleid ist ja schwarz. Da wäre auch Rotwein nicht so aufgefallen", konterte Cleo frech.

„Darf es noch etwas sein?"

„Nein, danke. Mich macht die Suppe rundum glücklich."

Francesco bedankte sich für diese Äußerung mit einem seligen Lächeln. „Ich dachte, das liegt an mir."

„Hochmut kommt vor dem Fall. Oder wie war das?", sagte Cleo. Aber sofort änderte sich sein Gesichtsausdruck. Er sah nun ernst aus und versuchte es wieder mit seinem niederzwingenden und langanhalten Blick. Es war erneut dieser plötzliche Stimmungswechsel, der Cleo eine wohlige Gänsehaut zauberte. Ihr Kellner wollte etwas sagen.

„Tut mir leid wegen vorhin."

„Du stehst wohl nicht auf Kunstgalerien."

Francesco lächelte gequält. Dieses Thema gefiel ihm nicht. Er füllte Cleos Glas auf und seine Hände wirkten dabei nicht mehr so sicher.

„Ich bewundere dich und deinen Seifenaltar echt", setzte er fort.

Plötzlicher Themenwechsel?

„Oh, jetzt will er wieder auf mich und mein Werbegesicht kommen."

„Nein", sagte er sanft. „Ich höre dir gern zu, wenn du begeistert von deinem Lebensgefühl erzählst, von deinem Duft der Freiheit."

Cleo wurde rot. Francesco nickte. Er schien alles gesagt zu haben. Oder?

Er ging auf den nächsten Tisch zu und Cleo genoss noch für einen Augenblick den milden Klang seiner Stimme, während er die Gäste begrüßte.

Sie saß lange da und nippte an ihrem Wasser. Sie beobachtete ihren Kellner, der jedem Besucher ein Lächeln schenkte und ihn herzlich bediente. Ob er wohl bald Feierabend machte?

Denk an deine Überstunden, mein Lieber!

„Für die Dame. Von unserem Francesco."

Cleo schaute verwirrt auf. Ein neuer Kellner reichte ihr einen bunten Cocktail. Sie schaute zu Francesco herüber, doch er tat, als würde er ihren Blick nicht bemerken.

„D-Danke", stammelte Cleo verblüfft.

Es wurde immer später. Der orange Horizont war längst durch den dunklen Sternenhimmel ersetzt worden.

Nun schaute Francesco zu ihr herüber. Er seufzte und wischte sich erschöpft den Schweiß von der Stirn, während er lächelte.

Cleos lange Anwesenheit fiel den Gästen bestimmt schon auf. Sie erhob sich mit ihrem Cocktail und genoss es, dass Francescos ihr mit seinen Augen folgte. Sie ging auf der Terrasse des Hauses entlang und am Pool vorbei. Es war nicht viel los hier unten heute Abend. Die Magie des Augenblicks wirkte auf sie. Wenn sie könnte, würde sie für immer hierbleiben. Aber irgendwann kam das Danach.

Doch daran wollte sie jetzt nicht denken. Stattdessen betrat sie den prachtvollen kleinen Palmengarten neben dem Badebereich, der wie ein Wildwuchs wirkte, aber trotzdem perfekt gepflegt war.

Die hohen Palmen gaben nur hier und da einen Blick auf die Sterne frei. Mitten hindurch führte ein Weg aus Pflastersteinen, rechts und links durch Lampen im Boden beleuchtet, die den Garten in ein warmes, schwaches Licht tauchten.

Nur schwach hörte Cleo die Leute beim Baden.

Sie schaute auf eine Ecke im bunten Blumendickicht direkt unter zwei großen Palmen.

„Wie wunderschön!"

Liegen luden zum Verschnaufen ein. Cleo setzte sich auf eine und stellte ihren Cocktail auf den Rasen zu ihren Füßen.

Sie streckte sich.

He! Das liegt sich perfekt. Eine Hängematte für den Boden, sowas brauche ich auch.

Sie schaute in die Sterne und genoss die leichte Brise, die durch die Palmblätter zu ihr wehte. Trotz all der Gedanken, die in ihrem Kopf kreisen wollten, fühlte sie gerade die pure Harmonie in der Stille. Magie lag in der Luft. Sie betrachtete die Schattenspiele der bunten Lichter, die der leichte Windzug herbeiführte. Es war zauberhaft.

Sie schloss die Augen und wieder hörte sie etwas, das wie Grillen klang und doch irgendwie anders. Wasser plätscherte dazu. War auch hier im Palmengarten ein Bachlauf oder gar ein Pool versteckt? Das Geräusch entspannte sie vollkommen.

Doch plötzlich legte sich eine Hand über ihre Augen. Sie war warm.

Was?

„He, einsame Schönheit! Ganz allein hier?"

Francesco! Seine vertraute, sanfte Stimme jagte Cleo einen wohligen Schauer durch den Körper. Sie richtete sich auf. Er nahm seine Hand von ihrem Gesicht und kniete sich auf den Rasen. Seine Hand ruhte nun auf Cleos Schoß.

„Schön hier", sagte Cleo.

„Ja, durchaus", gab Francesco unbeeindruckt zurück.

„Du bist bestimmt kaputt. Du bist den ganzen Abend nur gelaufen."

„Ach, geht schon."

Sein Lächeln ließ Cleos Herz schneller schlagen. Seine Hand auf ihr war so unendlich warm. Die Stille war plötzlich erdrückend von einer Sehnsucht erfüllt.

„Du musst jetzt deinen Werbespruch …", fing Cleo an.

„Nein. Ich muss nicht", flüsterte Francesco und sah sie einfach nur aus tiefdunklen Augen an. Cleo zitterte. Er hatte es so verdammt drauf mit seinem Blick. Die Luft knisterte förmlich.

„Dann müssen wir jetzt deine Berufung finden", lockerte Cleo die Anspannung.

„Müssen wir?", flüsterte Francesco. Er legte seine Hand auf Cleos Wange und hielt sie mit seinem Blick gefangen. Sie atmete schwerer. Seine Lippen näherten sich ihren, doch er hauchte nur seinen sanften Kuss auf ihre Wange.

„Erzähl mir etwas von Berufung. Du hast deine Seife, was habe ich?", hauchte er ihr schwach entgegen.

Seine Stimme klang viel tiefer. Seine Küsse wanderten ihre Wange hinab.

„S-Seife …", stammelte Cleo nur. Sie legte ihre Hand auf Francescos. Er ergriff sie. Wie fest er sie hielt!

Francescos liebkoste ihren Hals. Zärtlich folgte sein Finger seinen wandernden Lippen. Sie strichen sanft über ihr Dekolleté.

Cleo erwiderte den festen Druck seiner Hand. Sie erschauerte und lehnte sich wieder zurück. Der warme Kuss auf ihrer Haut ließ sie in eine erregte Hitze gleiten. Cleo legte ihre Hand auf seinen Arm. Sein Blick wirkte gequält.

„Alles gut?", flüsterte sie.

„Viel zu gut", gab er knapp zurück und schenkte Cleo einen weiteren zärtlichen Kuss. Er atmete schwer. Cleo konnte es hören.

Seine Zunge spielte gekonnt mit ihren Lippen.

„Was tust du mit mir?", fragte Cleo und genoss seinen warmen Hauch. „Lässt sich der Haifischmann noch bändigen?", säuselte sie schwach.

„Niemals", gab er zurück.

Sein Arm wanderte auf ihren Rücken. Er hielt Cleo fest, während sie mehr und mehr in seinem immer leidenschaftlicher werdenden Kuss versank und zu einer ebenbürtigen Spielerin dabei wurde.

Sein Oberkörper ragte über ihr auf, während seine Finger ihre Taille entlangglitten.

„Du weißt schon, was du tust?", flüsterte Cleo und befreite ihre Hand, um ihm liebevoll über den Kopf zu streicheln.

Statt zu antworten, lächelte er sanft und da war wieder dieser Blick. Er brachte Cleo zum Schweigen und öffnete sie, für ein tiefes Gefühl, für ein Verlangen, das gestillt werden wollte.

Francesco hielt inne. Er senkte seinen Kopf. Sein warmer Atem auf ihrem Hals bescherte Cleo einen wohligen Schauer, der sich tief in ihr sammelte. Zart hauchte er seine Küsse in ihr Dekolleté, während seine Hand noch einmal dem Lauf der Blumenranke an der Seite ihres Kleides folgte.

Er kam ganz zu ihr auf die Liege.

Aber dann!

Krach!

Das hölzerne Gestell gab unter ihnen nach.

Sie prusteten beide los.

„O nein!"

Sie schüttelte den Kopf über das Missgeschick.

„Das wird teuer", flüsterte Francesco verwegen und hob verschwörerisch die Brauen.

„Aber es weiß ja niemand, dass wir es waren", raunte er in Cleos Ohr, während er sich ganz auf sie legte und wieder behutsam ihre Hände hinter dem Kopf zusammenführte.

„Es kommt bestimmt gleich jemand und entdeckt die Schandtat", gab Cleo zurück und holte tief Luft. Sie zitterte dabei. Sie war längst zu erregt, um Francesco stoppen zu können. Er dirigierte ihren schnellen Herzschlag. Sie spürte, dass er genauso bebte wie sie. Sinnlich bewegte er sein Becken, kaum sichtbar, doch intensiv spürbar.

„Was hast du vor?", fragte Cleo leise. Francesco senkte seinen Kopf. Er rutschte ein Stück herunter und befreite Cleos Schulter von den lästigen Trägern ihres Kleides.

„Weitere Schandtaten", entgegnete er und irgendwie zitterte seine Stimme. Sein Lächeln brannte sich ein, mehr als das. Sein Blick verstärkte die Wogen, die Cleo mit reißender Hingabe fluteten.

Er strich den schwarzen Stoff herunter, bis es nichts mehr gab, was Cleo bedeckte. Ihre erhärteten Brustwarzen verrieten ihm, dass es ihr nicht anders erging als ihm.

Seine Finger kitzelten sie vorsichtig und fuhren in einer Bahn um die dunkle Erhebungen herum. Zärtlich ließ er seinen Mund fortführen, was seine Finger begonnen hatten. Sinnlich reizte er Cleos Knospen, während sie ihre Hände löste. Sie wollte endlich ihre Arme um ihn schließen und sie tat es, während aus seinem Kuss ein Nippen wurde. Cleo bäumte sich unter ihm auf. Seine Hand glitt über ihren Bauchnabel hinunter, während seine Küsse über ihren nackten Körper wanderten.

„Wenn uns jemand sieht", unterbrach Cleo ihn kurz.

Er brach ihren Widerstand mit seinen Lippen, berührte ihre Zunge, gab sie frei und suchte sie von Neuem. "Schhhhh", sagte er und sein Hauch war elektrisierend. Was er mit ihrer Zunge begonnen hatte, setzte er mit ihrem Ohr fort. Cleos Finger gruben sich in sein Hemd. „Wer uns stört, der muss sich mit einem Haifischbändiger anlegen", flüsterte er verschmitzt.

Er legte seine Hand auf Cleos Stirn, während er sie einen Augenblick lang stumm ansah, als wollte er diese Minuten festhalten.

Cleo schauderte unter ihm. Zögerte er?

Ihre Hand strich über seinen Rücken. Sein Hemd war längst durchgeschwitzt. Deutlich spürte sie die Härte seines Gliedes.

„Francesco!"

Ihre Stimme klang leidenschaftlich, wie es das Lächeln war, das er ihr nun schenkte.

Er tat es!

Er öffnete seine Hose. Sie küsste seine Stirn, als wollte sie ihm signalisieren, dass auch sie mit ihm schlafen wollte. Sie biss sich auf die Lippe und stieß einen leisen Seufzer aus, als er ein Kondom hervorzauberte und es anlegte. Dann spürte sie seine lange Härte an ihren Schenkeln.

Seine entschlossenen Finger setzten ihren Weg fort und fuhren unter ihr Kleid. Francescos Leib pulsierte. Cleo hob ihr Knie. Sie wollte ganz und gar mit ihm verschmelzen.

„Francesco!", wiederholte sie noch einmal. Flüchtig prüfte sie den Palmengarten. Waren sie wirklich alleine?

„Schhhh! Du willst doch nicht, dass jemand meine Schandtat bemerkt", sagte er. Seine Finger zitterten, während er ihren Slip unter dem Kleid zur Seite schob.

„Du bist unbeschreiblich, Cleo."

„Ich hoffe, in positiver Hinsicht."

Es geschah!

Seufzend schloss Cleo die Augen. Seine pochende Spitze massierte zärtlich ihren Schamhügel. Sie verlangte nach mehr. Sie hob sich ihm entgegen, während ihre Hände in seinen Nacken wanderten und ihn festhielten. Und in diesem Moment schob er sich tief seufzend vor und drang in Cleo ein. Ganz und gar verschmolz er mit ihr.

„Cleo."

Es war ein schwacher Ausruf. Cleo gab sich seinen langsamen, aber intensiven Bewegungen hin. Ganz und gar spürte sie ihn in sich, auf sich. Sie würde ihn nie wieder gehen lassen.

Leidenschaftlich fing Cleo seinen Kuss, während seine Hand ihre Wange suchte und dort ruhte. Seine sanften Stöße schickten immer stärkere Wellen durch ihren Körper, tief, zerreißend.

„Alles okay zum Thema Schandtat?", flüsterte er. Cleo nickte.

„Hör auf, zu reden!", sagte sie und nun war sie es, die ihn in einen Kuss verwickelte, der dafür sorgte, dass er sich schneller und heftiger bewegte.

Doch die Intensität, mit der er ihren Kuss erwiderte, ließ nach. Was hatte er vor? Sollten ihre Lippen hungern?

Er lächelte schwach. Er gab ihre Wange frei und führte seine Hand wieder hinunter.

Ihr Kitzler! Er gehörte ganz seinem Finger, während er wieder und wieder in sie stieß.

„Was tust du, Francesco?"

Er rieb schneller. Unbeweglich verharrte sein Glied in ihr, als wollte er kein Toben der Welle verpassen, die kurz davor war, über Cleo hereinzubrechen.

„Lass es zu", flüsterte Francesco, kitzelte sanft ihren Hügel, rieb dann wieder schneller und begann, Cleo durch seine impulsiven Stöße leise Laute zu entlocken.

„Francesco!"

Wollte sie ihn aufhalten? Niemals!

Ihre Nägel gruben sich in seine Haut. Ihre Beine legten sich um ihn. Es gab kein Zurück mehr und Cleo spürte, dass es ihm genauso ging. Sein Atem war nur noch ein schwaches Ächzen.

„Ich …"

Mehr kam nicht aus ihr heraus.

Sie kam! Zitternd bäumte sie sich auf. Francesco stieß ein letztes Mal zu, tiefer, drang noch tiefer und nun spürte Cleo, dass auch er sich in ihr entlud.

Doch was war das?

Cleo hob den Kopf.

„Was ist los?", fragte er.

Dort drüben stand jemand. Man hatte sie erwischt! Es war Madonna!

Verdammt!

Kein Zweifel! Sie starrte sie an. Sollte Cleo Francesco sagen, dass sie nicht alleine waren?

Vollkommen durchgeschwitzt, richtete er sich auf, um Cleos Stirn zu küssen.

Nein. Sie schwieg. Madonna ging. Ihr Kollege hatte ihre ungewünschte Besucherin nicht bemerkt. Cleos Finger spannten sich an. Wenn Madonna ihn verpfiff, wäre er dann seinen Job los?

9. Olivenhain

Cleo fiel es schwer, sich an diesem Abend von Francesco zu verabschieden. Seine Hand in ihrer fühlte sich so richtig an. Doch in dieser Nacht nagte das schlechte Gewissen an ihr. Hätte sie Francesco von Madonna erzählen sollen? Es schnürte ihr den Hals zu. Und so verbrachte sie die nächsten Stunden fast schlaflos und sehnte das Frühstück herbei, um sich einfach davon überzeugen zu können, dass Valentina von nichts wusste und Francesco keine Szene gemacht hatte. Und was für ein Theater ihn wohl von Madonna selbst erwartet hatte?

Cleo schluckte. Sie ging unsicher die Treppe herunter.

Die Terrasse war heute nicht gut besucht. Einige Gäste schienen bereits abgereist zu sein. Cleo setzte sich an ihren Lieblingstisch, doch Francesco sah sie nicht. Auch ihre hübsche Erzfeindin war nirgendwo zu sehen.

„Guten Morgen, darf ich Ihnen einen Kaffee bringen?"

Überrascht sah Cleo auf. Der nette Kellner, der ihr ihren Cocktail von Francesco gebracht hatte, sprach sie an. Er merkte, dass sein Gast lieber einen anderen Kellner gehabt hätte. Cleo bemühte sich zwar, zu lächeln, aber es kam wohl nicht sehr echt rüber.

„Gerne", stimmte sie zu.

„Schwarz oder mit Milch?"

„Mit Milch, bitte."

„Kommt gleich."

Er schenkte Cleo einen mitfühlenden Augenaufschlag. Wo waren Francesco und Madonna? Wusste der Kellner Bescheid? Cleo schnürte sich der Magen zu.

Es war doch verrückt, daran zu glauben, dass ihm das gestern Abend genauso viel bedeutet hatte, wie ihr. Schließlich fehlten er und Luxus-Madonna nun.

„Für das Fräulein heißen Kaffee."

Der junge Kellner stellte die Tasse ab und steckte ein frisches Blümchen in die Vase auf Cleos Tisch. Was für ein schwacher Trost. Wo steckte Francesco? Sollte sie den Kellner nach ihm fragen?

„Wie wäre es mit einem herrlich fluffigen Croissant gefüllt mit Valentinas bester Marmelade?"

Er strahlte, als wäre es das Herrlichste auf der Welt. Das sah schon fast ein bisschen witzig aus.

„Gerne."

Cleo war heute kurz angebunden. Ihre Finger waren noch immer verkrampft. Immer wieder war da dieser Gedanke im Kopf.

Beide sind weg. Ein seltsamer Zufall?

Das Croissant war wirklich so fluffig, wie versprochen. Cleo nickte ihrer Bedienung bestätigend zu. Doch lange hielt sie es hier heute nicht aus. Francescos Abwesenheit hatte ihr den Start in den Tag vermiest. Sie beendete ihr Frühstück und beschloss, den Tag außerhalb des Hotels zu verbringen.

Sie ging vom Gelände und blickte noch einmal zurück.

War das da eben etwa …?

Cleo prüfte den Parkplatz.

Frau in Lila …

Frau in Lila auf Gregs Schreibtisch.

So ein Quatsch!

Sie schüttelte den Kopf. Ihre schlechte Laune spielte ihr heute unangenehme Streiche. Aber da war eine Frau in diesem lila Kleid.

Warum sollte Gregs Affäre hier sein?

Cleo verscheuchte diesen Gedanken, indem sie am Hafen entlangschlenderte. Das war wieder Urlaub pur. Im Kreise der anderen Touristen fühlte sie sich sofort wieder geborgen und angekommen.

„Signorina, kommen Sie mit uns auf große Fahrt!"

Ein südländischer Typ mit dunklem Teint sprach Cleo an.

„Eine Tagesfahrt um den Gardasee!", rief er auch den anderen Vorbeiziehenden zu. „Kommen Sie mit uns auf große Fahrt und entdecken Sie die schönsten Orte am Gardasee!"

Cleo strahlte. Genau das würde ihre Laune jetzt retten können.

„Du brauchst doch keinen Fremdenführer!" Jemand stupste sie von hinten an. Francesco!

Er strahlte.

Cleo wurde sofort siedend heiß.

„Du hast doch schon deinen persönlichen Fremdenführer." Verschmitzt lächelte er. „Ich möchte dir gern meine Mama Gracia vorstellen. Hast du Lust?"

Cleos Wangen wurden noch heißer. Sie stammelte. „J-Ja, warum nicht."

„Dann komm! Vielleicht hat sie noch ein paar Seifen auf Lager", sagte er und feixte mit ihr, indem er zusätzlich noch verspielt in ihren Arm kniff.

„He!", verteidigte sie sich.

Francesco hakte sich bei ihr unter. Seine Nähe tat gut und doch brachte sie alles in Cleo komplett durcheinander. Die schmale Gasse wirkte auch heute noch mit besonderem Charme auf Cleo. Dort oben über ihrem Kopf schüttelte jemand seinen Teppich über dem Balkon aus. Im letzten Moment zog Francesco sie zur Seite, damit sie nicht den Staub abbekam.

„Italien ist gefährlich", sagte Cleo.

„Für den einen mehr, für den anderen weniger", stichelte Francesco und Cleo wusste, er spielte auf den gestrigen Abend an. Wie gern würde sie jetzt seine Hand halten. Sollte sie sie einfach nehmen?

Dort lag schon der kleine Laden. Als Francesco die Tür öffnete, läutete eine Glocke.

Cleo erinnerte sich genau an die freundliche Verkäuferin und auch daran, dass sie hier ihre Schuhe vergessen hatte.

„Buongiorno!", begrüßte sie die nette Frau, die genauso dunkle Haare hatte wie Francesco.

„Buongiorno!"

Die Dame umarmte sie unvorbereitet und herzlich. Damit hatte Cleo nicht gerechnet. Das war also seine Mama Gracia. Sie schaute Cleo von oben bis unten begeistert an.

Okay. Ich gefalle Mama dann ja scheinbar.

Sie wurde nervös unter dieser Musterung.

„Das ist meine Mama. Das ist Mama Gracia", sagte Francesco stolz und fast wirkte seine Mutter peinlich berührt angesichts des Enthusiasmus', den er in seine Vorstellung legte.

„Schön, Sie kennenzulernen", sagte Cleo.

Seine Mama nickte. Cleos Blick wanderte neugierig über die Regale. Francesco grinste sie an, während sie gleichzeitig die vielen kleinen Seifen entdeckten. Frech streckte Cleo ihm die Zunge aus.

„Möchtest du sehen, wo ich lebe?", fragte er.

„Sehr gerne."

Neben der Kasse führte Francesco sie eine schmale Holztreppe hinauf in einen engen Flur, von dem mehrere Zimmer abgingen. Francesco öffnete die erste Zimmertür.

„Willkommen in meinem Reich."

Cleo schaute sich begeistert um. Das Zimmer war sehr klein und etwas altmodisch eingerichtet. Der Sessel war sicher nach dem Geschmack seiner Mama ausgesucht. Der Bettüberwurf mit Karomuster war mehr als altmodisch. Und auch das Bett mit dem breiten Holzrahmen wirkte wie aus einer anderen Zeit. *Schneewittchen hat sicher auch in einem so antiken Bett geschlafen.*

Auf einem Regal standen viele Bücher. Cleo bestaunte sie.

„Du liest viel?"

„Nein", sagte Francesco und lachte. Er strich mit dem Finger über die Staubschicht auf den Bänden. „Ich gestehe, ich wollte immer lesen. Aber das Leben ist viel interessanter als Bücher."

Seine Augen leuchteten. Cleo liebte seine Lebensfreude.

„Dir muss es merkwürdig vorkommen, dass ich im Haus meiner Mutter lebe."

„Nein. Gar nicht."

Francesco prüfte ihr Gesicht genau. Doch Cleo schaute sich längst weiter um. Ein schmales Fenster gewährte den Blick auf die belebte Straße. Ein Blumenkasten stand auf dem Fensterbrett. Ihr Blick fiel auf ein Regal, auf dem kleine Boote aufgereiht waren.

„Ich habe sie mal gesammelt", sagte er und wurde dabei rot.

Cleo grinste und nahm ein Segelschiff in die Hand.

„Deine Berufung also?"

„Nein, nicht wirklich", gestand er und trat neben sie. Er roch so verdammt gut! Cleo liebte den süßen Duft seines Parfüms. Wenn er sie doch jetzt nur in den Arm nehmen würde!

„Das Segel ist etwas kaputt", erklärte er. „Mama sagte, Papa war immer gern segeln."

Seine Mama sagte das? Hat er seinen Papa gar nicht mehr miterlebt?

„Warst du schon mal segeln?"

„Nein. Boote sind nicht so mein Ding."

„Aber du hast sie gesammelt!"

Francesco lachte. „Ja, aber fahren muss ich sie nicht."

Cleo spürte die Sehnsucht nach Nähe.

„Ich bin viel lieber draußen", sagte er und ihm kam eine Idee. „Komm mit!"

„Was hast du vor? Heute kein Arbeitseinsatz trotz Überstunden?"

„Nein", sagte er lässig. „Du wolltest doch eine Rundfahrt."

Neugierig folgte Cleo ihm herunter. Was hatte er vor? Es ging auf den Hinterhof, wo Francesco eine Vespa aus einem Schuppen holte. Cleo runzelte die Stirn. Der fahrbare Untersatz sah aus, als wäre er in Deutschland längst schon stillgelegt worden.

„Angst?“

„Nein. Gar nicht. Oder kann ich dir nicht vertrauen?“ Geheimnisvoll zwinkerte Francesco ihr zu.

„Das ist jetzt aber nicht sehr beruhigend“, gab Cleo daraufhin zurück.

Sie stieg zu ihm auf das Moped und genoss für einen Augenblick das Gefühl, endlich wieder seine ganze Wärme zu spüren, indem sie ihre Arme um ihn legte. An seinen Rücken gepresst, ging es mit dem Mofa aus Limone hinaus. Cleo genoss den Fahrtwind und versank in Francesco Nähe.

„Wo fahren wir hin?“, rief sie.

„Lass dich überraschen.“

Es ging steil hinauf und dann ziemlich eng und rasant wieder bergab.

„O mein Gott! Lass mich das überleben!“

Cleo biss die Zähne zusammen, doch Francesco führte das nostalgische Fahrzeug gekonnt um alle Ecken.

Sie fuhren in eine verlassene Gegend. Das Moped wurde langsamer.

„Wo sind wir?“

Francesco hielt an. Dort vor ihnen lag eine schier endlose Parkanlage auf einer Anhöhe. Cleo stieg ab.

„Auwei!“

Als sie sich umdrehte, konnte sie direkt vom Hang hinunter ins Tal sehen und es ging dort ziemlich weit bergab. Sie sah in der Ferne Häuser, hier und da durch Grünflächen unterbrochen.

„Ein Olivenhain. Ich bin oft hier, wenn ich nachdenken will."

Cleo schluckte.

„Willst du jetzt nachdenken?"

„Nein."

Irgendwie war es niedlich, dass sie beide nach dem gestrigen Abend befangen waren und sich nur kurze Fragen stellten. Francesco half Cleo den Hügel hinauf, doch prompt ließ er ihre Hand wieder los.

Warum?

Er ging voran. Cleo biss sich auf die Lippe. Hätte sie seine Hand einfach festhalten sollen?

„Es ist wunderbar hier."

Sie schaute auf die vielen Bäume, deren Blätter ganz anders aussahen als die der in Deutschland heimischen Pflanzen. Unverkennbar Olivenbäume!

„Hier!"

Francesco bückte sich und hob tatsächlich eine Olive auf.

„Dürfen wir hier auch sein?", fragte Cleo.

„Fragst du mich gerade, ob wir eine Schandtat begehen?", neckte er sie. Cleo errötete. Er schüttelte den Kopf. „Nein. Um diese Bäume kümmert sich längst keiner mehr. Früher war dieser Hain mal eine richtige Plantage."

Cleo schaute sich um. Hier waren wirklich viele dieser Bäume.

Und plötzlich war sie wieder da, diese erdrückende Stille zwischen ihnen. Peinlich berührt suchten Francesco und Cleo nach Worten und auf einmal war es da. Cleos schlechtes Gewissen kehrte zurück. Sollte sie

Francesco erzählen, dass Madonna sie im Palmengarten gesehen hatte? Oder hatte sie ihn sogar schon darauf angesprochen?

Nervös rieb sie über ihren Handrücken.

„Willst du mir was sagen?“ Francesco hob seine Brauen und ließ sein Lächeln spielen.

„Ja. Aber ich weiß nicht, ob es dir gefällt.“

Seine Stirn legte sich in Falten. „Muss ich mich setzen?“

Sein Gesichtsausdruck war plötzlich ernst. Er ließ sich in das Grün nieder, das Cleo hier und da bis zu den Knien reichte. *Also wohl wirklich länger schon unbesucht, dieser schöne Ort.*

Sie seufzte. Die Sonne kitzelte sie, während sie überlegte. Es half ja nichts. Es musste raus. Sie setzte sich neben Francesco.

„E-Eure Kellnerin hat uns gestern gesehen“, stammelte sie.

„Was meinst du?“ Francesco zeigte sich total unbeeindruckt und behielt seinen gleichmäßigen Tonfall bei.

„Na gestern, als wir …“

So langsam dämmerte es ihm wohl. Er schaute Cleo merkwürdig an. „Als wir miteinander geschlafen haben?“, fragte er und zeigte noch immer keine Regung dabei.

„Ja. Madonna. Sie hat uns im Palmengarten gesehen. Ich wusste nicht, wie ich es dir sagen soll.“

Doch nun erhob sich Francesco und Cleo sah, dass er seine Finger zu einer Faust ballte.

Verdammt!

Würde er sich jetzt so verhalten, wie an dem Abend, als er an ihre Tür gehämmert hatte oder wieder plötzlich fliehen, wie dort am Hafen?

Er seufzte und setzte sich wieder. Cleo atmete auf. „Weißt du, Madonna ist eine sehr gute Freundin."

Cleo räusperte sich. Ungläubig sah sie ihn an. Er konnte ihr ja viel erzählen.

„Wirklich. Sie ist nur eine gute Freundin. Ich habe sie sehr gern. Aber …"

Jetzt kam es. Cleo wurde flau im Magen.

„Madonna wollte in mir immer mehr sehen als nur einen Freund. Ich habe das nie erwidert."

Cleo überlegte. Spielte er ihr eine Show vor? Flüchtig berührte er ihren Arm.

„Madonna war lange Zeit in einer Beziehung und sie erwartete sogar ein Kind."

Cleo öffnete den Mund.

„Nicht von mir, keine Sorge!", verteidigte sich Francesco prompt gegen ihren verletzten Blick. Man sah ihm an den Falten auf seiner Stirn an, dass er dieses Thema nicht mochte. Trotz des ernsten Gesprächs verlor Cleo sich wieder in seinen dunklen Augen. Zärtlich strich er eine Strähne aus ihrem Gesicht.

„Madonna war lange Zeit mit ihrem Nachbarn liiert. Aber sie liebte ihn nie. Es war ihr Vater, der diese Beziehung wollte."

„Ihr Nachbar?"

Cleo erinnerte sich an die Begegnung am Bootsanleger. War es der attraktive Italiener, den sie dort getroffen hatten?

„Agapito war ich immer ein Dorn im Auge. Er gibt mir die Schuld daran, dass Madonna Pascale nie lieben konnte."

Cleo schaute ungläubig drein.

„Und er gibt mir auch die Schuld daran, dass sie ihr Kind verloren hat."

„Und?"

Francesco schoss wütend hoch. Cleo glaubte doch nicht wirklich, dass er etwas mit dem Verlust des Kindes zu tun hatte?

„Natürlich bin ich nicht schuld. Ich habe sie nicht einmal gesehen. Es war eine schreckliche Fehlgeburt, aber bestimmt nicht meinetwegen. Ich habe ihr nie Hoffnungen gemacht. Ich war ihr immer nur ein guter Freund."

Cleo erhob sich. Sie trat neben Francesco und legte beschwichtigend ihre Hand auf seinen Arm, um ihm zu zeigen, dass sie ihm glaubte. Aber er löste sich von ihr und schlurfte zu seinem Moped zurück.

Doch wieder eine Flucht, Francesco?

So sollte diese Begegnung nicht laufen.

Ach Cleo!

In ihrem Kopf hämmerte es. Francesco wartete an seinem Mofa auf sie. Stimmte es, was er über Madonna sagte? War sie wirklich nicht seine Madonna? Sie gingen doch so vertraut miteinander um!

Tschüss, schöner Olivenhain, dachte sie enttäuscht.

Sollte sie einfach stehenbleiben? Vielleicht käme er dann zurück. Unruhig holte sie ihr Handy heraus. Zeit schinden war vielleicht nicht die schlechteste Idee.

Doch eine SMS holte sie gänzlich auf den Boden der Tatsachen zurück. Greg!

Ich habe dich gewarnt!

10. Ein raffinierter Schachzug

Francesco führte sie auf dem Mofa genauso sicher zurück, wie sie gekommen waren. Aber Cleo fühlte sich längst nicht mehr so berauscht. Francescos plötzlicher Aufbruch nagte an ihr. Doch als er nun einen schmalen Weg am Wasser entlangfuhr, atmete sie wieder auf. Er hielt vor einem Restaurant, dessen Terrasse einen wunderschönen Blick auf den See bot. Er lächelte schwach.

Gott sei Dank!

„Schön hier", sagte Cleo leise. Ihr Blick fiel auf die vielen Geranien, die aus Blumenkästen heraus über der Terrasse hingen. Das gusseiserne Mobiliar gab dem Ganzen etwas Nostalgisches. Sie setzten sich. Hier könnte die Zeit stehenbleiben. Cleo versank in dem Panorama, das See und Felsen ihr boten. Doch warum war Francesco so still?

„Hier wird es mir bestimmt nicht schmecken", sagte sie ernst.

Überrascht sah Francesco sie an. „Warum nicht?"

„Weil du mir das Essen nicht mit einem flotten Spruch servierst."

„Der Punkt geht an dich."

„War meine Absicht."

Nervös spielte er mit der Serviette auf dem feinen Tischtuch.

„Ciao! Was darf ich euch bringen?", sprach sie eine nette Italienerin an. Sie jonglierte bereits ein Tablett mit Gläsern. Francesco sagte etwas zu ihr, das Cleo nicht verstand. Er lächelte.

„Ich kann das Mittagsgericht empfehlen, unsere Paella des Hauses."

Cleo nickte. Hatte er ihr gesagt, dass sie Deutsche war? Pasta? Warum nicht? „Gerne", sagte Cleo.

„Die nehmen wir", stimmte Francesco zu. Er suchte wieder Cleos Blick und er war durchdringender als je zuvor. Wollte er sie herausfordern?

„Und was darf es zum Trinken sein?"

„Für mich gern ein Wasser."

„Alles andere ist auch zu gefährlich", warf Francesco frech ein.

„Wie bitte?" Die Kellnerin sah sie verdutzt an.

Cleo grinste.

„Für mich auch gern", gab Francesco an.

Die Bedienung nickte und huschte davon. Cleo war froh, dass sie Madonna keineswegs glich. Sie war einfach eine höfliche Bedienung, die nicht nach ihrem Francesco trachtete.

Madonna sollte jetzt aber absolut nicht in ihren Gedanken auftauchen. Schließlich war ihr Lieblingskellner gerade mit ihr hier.

Cleo räusperte sich. Es wurde wieder verdammt still an ihrem Tisch. Beide sahen sie hinaus auf den See.

„Als hättest du ihn zum ersten Mal gesehen, nicht wahr?", sagte Cleo und zog ihn scherzhaft auf. Francesco lächelte gequält.

„Ach, doch. Ich sehe gern mal raus, noch immer."

„Okay."

Und wieder war es ruhig. Cleo spürte Francescos Barriere. Sie wollte das ansprechen. „Das mit der Stelle, ich habe viele Bewerbungen losgeschickt. Einfach so. Ich habe an alles gedacht, was ich früher einmal werden wollte."

Und mit dem Thema „Bewerbungen" traf sie genau ins Schwarze, denn plötzlich schenkte er ihr wieder seine ganze Aufmerksamkeit. Er war also gar nicht wegen Madonna so angespannt.

Er streckte seinen Arm aus und spielte mit ihrer Serviette. Dabei kam er ihren Fingern immer näher.

„Warum hast du dich beworben? Ich dachte, du bist die Top-Sekretärin?"

In seinem Tonfall lag Sarkasmus. Überzogen nickte er, als die Bedienung ihre Gläser brachte. Er nahm einen Schluck und seine Hand wirkte dabei unruhig. Man konnte ihm die Anspannung deutlich ansehen und auch Cleo lag nun wieder ein Kloß im Hals. Den Grund für ihre Bewerbungen wollte sie nicht nennen.

„In der Paella sind aber keine Meeresfrüchte, oder?", fragte sie, um abzulenken.

Francesco seufzte leise.

„In der Paella sind immer Meeresfrüchte."

Cleo schluckte. Das klang bissig. „Okay, ich werde es überleben. Und wenn nicht, hoffe ich, dass du …"

„Mich im See beerdigst?"

Cleo knurrte frech. „Du bist gemein!"

„Schlägst du mich gleich wieder mit der Serviette? Ich erschauere schon."

Genauso liebte Cleo ihn. Dieses süße Wortgefecht!

Die Paella wurde serviert. Neugierig schaute Cleo auf ihren Teller. Gut, sie könnte bestimmt einiges unauffällig auf Francescos Teller umlagern, zum Beispiel dieses Ding, das aussah wie eine Garnele.

„Lass es dir schmecken", zog er sie auf.

„Danke. Du dir auch."

„Aber wenn du etwas anderes willst, wir können dir was bestellen."

Wie süß er war! „Nein. Ist schon okay so."

Nervös nippte Cleo an ihrem Glas. Warum musste er sie immer so lange ansehen und auf jeden ihrer Gesichtszüge achten? Ihr Herz klopfte schneller. Unruhig führte sie die Gabel zu ihrem Mund. Doch sie musste zugeben, so schlecht schmeckte das seltsame Reisgericht auf ihrem Teller gar nicht.

„Du wolltest also mit deinen Bewerbungen alte Träume aufleben lassen?"

Wow, er erinnert sich daran, dass ich etwas von meinem Jugendtraum gesagt hatte!

„Das heißt, du bist nicht glücklich in deinem Job? Was waren denn so deine Träume?" Er klang wirklich interessiert. Seine Hand näherte sich weiter ihrer, indem er sein Serviettenspiel fortsetzte.

„Ich wollte damals immer Kunstgeschichte studieren. Aber irgendwie bin ich davon abgekommen. Keiner aus meinem Freundeskreis wollte studieren. Ich ließ mich mitreißen und irgendwie bin ich dann im Büro gelandet."

„Und was ist das für ein Job in der Kunstgalerie?"

„Ehrlich gesagt, weiß ich es nicht wirklich. Ich habe so viele Mails abgeschickt. Ich finde, die Arbeit sollte einen erfüllen und nicht nur zum Überleben da sein."

Francesco lehnte sich zurück. Träumend beobachtete er Cleo. Er lächelte.

Cleo nahm ihre Gabel.

Aufs Essen schauen, statt in seine Rehaugen!

So ging es besser. Konzentriert aß sie weiter. Was wohl in ihrem Gegenüber vorging?

„Hier bist du richtig glücklich, oder?"

„Wie meinst du das? Das Essen ist gut, ja."

„Nein, ich meine hier in Italien."

„Ich liebe es." Cleos Augen strahlten. Aber irgendwie hatte sie den Eindruck, dass mit Francesco irgendetwas nicht stimmte. Er sprach viel tiefer und langsamer. Seine Stirn legte sich in Falten, obwohl er lächelte.

Nun war es seine Gabel, die zur Beschäftigung für seine Finger wurde. Cleo wurde noch unruhiger. Sein Blick suchte ihren.

„Meine Mama will nicht mehr so viel arbeiten. Sie will sich bald zur Ruhe setzen. Du könntest unseren Souvenirladen übernehmen und bei mir leben. Sicher wäre der Job nicht die Erfüllung deines Lebenstraums, aber du ständest für das Glück der Zitronenseifen ein."

Sein Grienen war beflügelnd.

Wow! Was für ein Angebot! Hatte er das gerade wirklich gesagt?

Cleos Finger verkrampften sich. Meinte er das ernst?

Francesco legte seine Hand auf ihre. Cleo war sprachlos. Nervös räusperte sie sich. Sie löste ihre Hand von seiner und trank ihr Glas bis auf den letzten Tropfen leer, um noch ein wenig Zeit für eine Antwort zu haben. Aber welche konnte sie denn darauf geben?

Ihr Herz überschlug sich. Was war da gerade in ihr? Chaos! Sie hatte nie wirklich darüber nachgedacht, auszuwandern. Gut, sehr flüchtig kurz davon geträumt. Aber mehr nicht. Das meinte er doch nicht ernst, oder?

Seine Augen! Sein Blick! Cleo versank darin. Noch einmal seine Hand spüren, nur kurz! Doch sie war wie erstarrt. Ihre Kehle war wie zugeschnürt. Damit hatte sie nicht gerechnet.

„Keine Antwort. Okay", sagte Francesco. Er erhob sich und ging ins Lokal zu der Bedienung.

Verdammt!

Was hätte Cleo denn so spontan sagen sollen? Sie schluckte hastig. Die Gedanken in ihrem Kopf waren ein einheitlicher Brei. Es zogen nur Bilder hindurch, die Sonne, der See, die Zypressen, Francescos Lächeln, seine Hand in ihrer, Greg, die Firma, ihr Vater, ihr Job. Cleo wurde fast schwindelig.

Francesco kam wieder heraus und steckte sein Portemonnaie hinten in seine Hosentasche. Er hatte wohl bereits die Rechnung bezahlt.

Er nickte. Da war kein Lächeln mehr. „Kommst du?", fragte er knapp.

Flüchtig nickte Cleo der freundlichen Bedienung zum Abschied zu. Francesco verließ die Terrasse viel zu schnell. Cleo stolperte fast, beim Versuch, mit ihm Schritt zu halten.

Sie sah, dass er seine Finger zu einer Faust geballt hatte. Ihre Kehle war noch immer wie zugeschnürt. Ihr Puls war nicht mehr gesund.

„Francesco!", rief sie endlich aufgebracht. Doch der temperamentvolle Italiener stieg auf sein Mofa. Wenigstens wartete er geduldig, bis Cleo sich hinter ihn gesetzt hatte.

„Ich bringe dich zurück. Ich habe noch etwas zu erledigen", sagte er und startete den Motor, bevor Cleo etwas antworten konnte.

Ihr Herz beruhigte sich nicht. Sie fühlte sich schuldig. Schuldig, weil sie ihm nicht geantwortet hatte. Aber was hätte sie denn so überrannt von seinem Plan sagen sollen?

„Lass mich darüber nachdenken!", rief sie und sie war sich sicher, dass er ihre Worte trotz des Motorengeräusches verstanden hatte, denn sein Rücken, um den sie gerade ihre Arme gelegt hatte, versteifte sich kurz.

Keine Aussprache mehr. Francesco fuhr los.

Als sie das Hotel erreichten und sie vom Mofa stiegen, spürte Cleo, dass er genauso aufgebracht war, wie er aussah. Sie spürte das starke Beben in seiner Brust, während er ihr hinunterhalf.

Er fuhr sich mit den Fingern durch seine Haare, als wollte er genau davon ablenken.

Es half nichts. Cleo sollte nun wohl gehen. Es zerbrach ihr fast das Herz. Würde er ihr nun stets aus dem Weg gehen? Konnte er denn nicht verstehen, dass er sie damit überrumpelt hatte? Cleo hielt die Luft an, als er kommentarlos wieder aufstieg. Aber er zögerte. Er startete den Motor nicht.

„Cleo", sagte er. „Ich weiß, dass kommt alles sehr schnell. Aber ..."

„Aber?"

Ratlos schauten sie einander an.

„Ich denke darüber nach“, sagte Cleo und schließlich lächelte Francesco schwach.

„Es tut mir leid, dass ich dich so damit überfallen habe. Es war nur eine Idee.“

„Es ist eine schöne Idee. Aber gib mir Zeit, das mal auf mich wirken zu lassen.“

Er nickte. „Sehen wir uns später?“

„Gerne.“ Die Anspannung aus Cleos Schultern wich.

„Bis später“, hauchte ihr Francesco zu und nun trat sein freches Lächeln, das Cleo liebte, wieder zutage.

„Bis später! Pass auf dich auf!“

„Das mache ich.“ Warum waren sie plötzlich so befangen? Er schaute auf ihre Lippen, als überlegte er, ob er sie küssen durfte. Aber stattdessen räusperte er sich. „Ich freue mich auf dich“, setzte er hinzu. Cleo strahlte zufrieden. Er drehte den Zündschlüssel herum. Dann fuhr er dahin, ihr Francesco!

Obwohl sie ohne Spannung auseinandergegangen waren, lagen die Geschehnisse des Tages Cleo doch irgendwie schwer im Magen. Sie sehnte das Abendessen herbei, um endlich wieder in Francescos Nähe zu sein. Doch als sie später an ihrem Stammplatz angekommen war, konnte sie ihn nicht entdecken. Wo steckte er nur? Gut, sie hatte auch nicht wirklich mit ihm darüber gesprochen, wann und wo sie sich wiedersehen würden.

Sie setzte sich, aber ihre Füße tippelten unruhig auf den Boden. Sie hoffte, sie konnte Francesco trotz weniger Worte zeigen, dass ihr sein Vorschlag nicht egal war.

O nein!

Cleo bekam ungewollten Besuch. Madonna kam auf ihren Tisch zu.

„Guten Abend!", sagte sie, als wäre da nie irgendetwas zwischen ihnen gewesen.

Cleo hielt die Luft an. Die dunkelhaarige Schönheit tat, als würde sie Cleo nicht kennen. Das Beobachten im Palmengarten, der wütende Abgang bei ihrer Familie, kein Wort.

„Den gemischten Salat nehme ich und ein Wasser", sagte Cleo und tat auch so, als würde sie die Kellnerin zum ersten Mal sehen. Warum juckte sie Cleos Anwesenheit nicht mehr? Was war da faul?

Der Salat kam schnell und trotz der Distanziertheit ihrer Erzfeindin war sie froh, die Hotelterrasse schon bald verlassen zu können. Es hielt sie heute nichts. Wo war Francesco?

Sie krempelte die Ärmel ihres Shirts herunter und wanderte über den Parkplatz hinüber zum Hafen. Heute war es frischer und doch war da wieder dieses herrliche Farbenspiel am Horizont. Aber erfreuen konnte sie sich daran nicht. Die Dämmerung setzte bereits ein und immer noch kein Zeichen von ihrem Italiener.

Cleo setzte sich auf die Hafenmauer. Sie nahm nichts mehr wahr und so zogen die Touristen an ihr vorbei, ohne Notiz von ihr zu nehmen. Nicht mal mehr hörte sie die leise Melodie, die vom Hotel herüberdrang. In ihrem Kopf herrschte noch immer ein heilloses Durcheinander. Hätte sie Francesco nicht auch längst von Greg erzählen sollen? Eine üble Vision tauchte in ihrem Kopf auf.

„Cleo!" Eine aufgeweckte Stimme riss Cleo aus ihren Sorgen. Der Fischer!

„Agapito!“, gab sie freudig zurück. Doch der Fischer setzte eine finstere Miene auf, als er sein Boot mit einem Tau befestigte und zu ihr auf die Mauer kletterte.

Was war heute nur los? War heute keiner gut drauf?

„Cleo!“, sagte er temperamentvoll. Sie erhob sich.

„Schön, dich zu sehen“, sagte sie und schlenderte neben ihm her. Er wollte ihr etwas sagen. Das war klar. Er hatte ihren Namen verdammt merkwürdig ausgesprochen. Sie setzten sich auf die Bank, auf der sie noch vor einigen Tagen glücklich mit ihrem Buch gesessen hatte.

„Mein Gewissen plagt mich“, sprach er leise und seufzte. Cleo schaute ihn überrascht an.

„Wie?“

„Ich bin dir eine Erklärung schuldig.“

Nun war Cleo aber gespannt. Sie schlug nervös die Beine übereinander.

„Madonna ist sonst nicht so. Es tut mir leid, dass du sie so erlebt hast. Sie hätte nicht einfach gehen sollen. Das war unhöflich.“

„Ist schon okay. Ich kann mir denken, warum sie so reagiert hat.“

„Ja. Du musst wissen, sie hat diesen Kellner immer geliebt.“

Cleo wurde flau im Magen. Kam jetzt die große Wahrheit? Sie schluckte schwer. Ihre Hände legten sich um die Sprossen der Bank.

„Pascale und sie waren so ein schönes Paar. Sie haben ein Kind erwartet. Aber sie konnte Pascale nie lieben, weil ihr Herz immer Francesco gehörte. Es ist noch immer so. Sie läuft vor ihrer Zukunft davon und das macht mich wütend, denn dieser Kellner wird ihre

Liebe nie erwidern. Sie hat längst mitbekommen, dass er sein Herz an dich verloren hat."

Cleo atmete auf. Gott sei Dank! Das stimmte mit Francescos Version der Geschichte überein. Sollte sie den Verlust des Kindes ansprechen? Doch sie schwieg.

„Ich habe gesehen, wie du diesen Kellner angesehen hast und er dich. Ihr habt meinen Segen. Verzeih mir meinen Groll!"

Segen.

Irgendwie hörte es sich bei Agapito so an, als würden Francesco und sie bald heiraten. Was für eine Vorstellung! War das hier so üblich, dass alles so schnell ging?

Doch nun kehrte die Sorge um Francesco wieder zurück. Sie hatte ihn noch immer nicht gesehen und auch kein Mofa gehört.

„Es ist alles gut", gab Cleo mit einem schwachen Lächeln zurück.

„Ich bin beruhigt."

Agapito atmete so erleichtert auf, dass Cleo lachte.

„Dann kann ich fix zu Martha und sie beruhigen", sagte er.

Cleo konnte sich gut vorstellen, dass das geplatzte Essen der lieben Hausherrin Kummer bereitet hatte. Sie waren einfach zum Drücken herzlich. Cleo mochte Agapito sehr.

Er erhob sich. „Dann werde ich aufbrechen."

„Komm gut zurück!"

Er spazierte zurück zu seinem Boot. Lässig hob er den Arm. Cleo winkte zurück. „Gute Fahrt!"

Er nickte. Einen Augenblick lang stellte Cleo sich vor, wie es sein musste, in der Nacht unter den Sternen über den See zu schippern. Sie atmete tief durch. Madonna und Francesco hatten also nichts miteinander. Aber warum fühlte es sich in ihr drin trotzdem so flau an, so als wäre da noch irgendein Geheimnis?

Cleo wollte zu ihm! Sie musste mit Francesco reden. Wenn er nicht im Restaurant war, konnte er doch nur zu Hause sein. Zumindest hoffte sie das.

Entschlossen folgte sie einigen Spazierenden und überholte sie. Der Kloß im Hals war wieder da, als sie in die Gasse bog, die zum Haus seiner Familie führte. Die vielen Kisten mit den Souvenirs und Kunstwerken standen nicht mehr draußen. Der Laden hatte natürlich bereits geschlossen.

Cleo rang nach Luft. Sie klopfte an die hölzerne Tür. Es kam keine Antwort. Sie biss ihre Zähne zusammen. Die Klinke bewegte sich. Sie drückte sie herunter. Die Tür ging auf.

„Cleo.“

Erschrocken!

Sprachlos!

Da stand Francesco, als hätte er sie erwartet.

Ihn so schnell zu treffen, damit hatte Cleo nicht gerechnet. Doch Francesco saß im Halbdunkel hinter dem Tresen. Er saß einfach nur da.

„Was machst du da? Ich habe mir Sorgen gemacht!“

„Sitzen.“

„Sitzen. Sehr aussagekräftig. Darf ich dir dabei Gesellschaft leisten?“

Seine knappen Antworten bestätigten Cleo, dass es an ihm nagte, dass sie nicht jubelnd zugesagt hatte, nach Italien auszuwandern um bei ihm zu leben.

Aber immerhin lächelte er nun wieder, wenn auch etwas schwach.

Gab es in diesem verdammten Laden eigentlich kein Licht? Sie drückte auf den Lichtschalter.

„Wenn du mit dem Sitzen fertig bist, können wir ja vielleicht reden", sagte sie und kniff ihm verspielt in die Seite, um ihn aus der Reserve zu locken.

Francesco erhob sich. „Reden." Er musste selbst grinsen.

Er trabte zur kleinen Sitzecke neben der Bücherwand. Nun, da Cleo in seine Augen geblickt hatte, war es wieder vorbei mit dem klaren Denken.

Francesco setzte sich. Er klopfte auf die weichen Couchkissen neben sich. Mit feuchten Händen setzte sich Cleo neben ihn.

„Und?" Jetzt war er also bereit für ein Gespräch. „Worüber möchtest du reden?"

Er strich über Cleos Schenkel und ließ sie kurz erschrocken zusammenzucken. Doch er wollte nur einen Fussel wegfegen, der auf ihrem Kleid lag.

Cleo schwieg. Das war nicht so einfach, vor allem nicht dann, wenn ihr Herz schneller schlug, als ihr die Worte kamen.

„Möchtest du ein feines Paella-Rezept von mir oder vielleicht eine Anleitung für …", zog Francesco sie auf. Immerhin lächelte er wieder, als wäre er ganz der Alte und das machte Cleo verdammt nervös.

„Es tut mir leid. Du hast mich vorhin überrannt", erklärte Cleo noch einmal. Francescos Brauen hoben sich. Sein Mund war leicht geöffnet und Cleo sah viel zu lange auf seine Lippen.

Er stützte sich auf der Lehne ab und legte seine Hand auf sein Haar. Lässig schlug er die Beine übereinander.

„Ich höre dir gern zu."

Cleo rang nach Luft. Nie zuvor hatte sie ein Mann so wohlig durcheinandergebracht. Wie konnte sie ihre Anspannung nur verlieren?

„Jetzt hast du einen Werbegesicht-Blick", neckte sie ihren Italiener.

„Nein. Ich habe den Cleo-will-mir-etwas-Wichtiges-sagen-und-ich-höre-gern-zu-Blick", sagte er sanft und da war er wieder, dieser streichelnde Klang seiner Stimme.

Cleo suchte nach Worten. „Du bringst mich ganz schön durcheinander. Weißt du das?", gab sie zurück und seufzte.

„Das freut mich", lächelte er erwartungsvoll.

Cleo räusperte sich.

„Mach dich locker!", neckte Francesco sie und richtete sich wieder auf. Er kam Cleo so nahe, dass sie die Wärme spüren konnte, die von ihm ausging.

Sie starrte ins Leere. Wie fand sie Worte für das, was ihr Herz ihr gerade sagte?

Doch ... Was war das?

Irritiert prüfte Cleo die Ecke der Couch und betastete sie mit ihren Händen. Ihre Stirn legte sich in Falten und auch Francesco sah sie fragend an. Er drehte sich um. Was sah Cleo da so entsetzt an? Ungläubig zog Cleo ein weißes Spitzenhöschen aus der Ritze zwischen den Kissen hervor. Was bitte war das? Na klar! Ein Slip, schon klar. Aber was machte er hier? In Cleos Kopf ratterte es. Fassungslos sah sie ihren Italiener an.

„Cleo!", rief er sofort, als er ihren empörten Gesichtsausdruck sah. Doch es war nicht alles, was Cleo dort herauszog.

Da war doch noch etwas!

Eine Kette!

Ein Anhänger!

Ein lila Anhänger!

Und dieser Anhänger war Cleo mehr als nur vertraut. Das konnte nicht sein! In ihrem Kopf hämmerte es.

Der Parkplatz.

Eine Frau in Lila.

Die Frau in Lila!

Ihre Kette!

Konnte das sein? Unmöglich! Oder? Es war keine Einbildung. Sie war hier, war bei Francesco gewesen! Was für ein raffinierter Schachzug von Greg und seiner Gespielin!

Eine harte Ohrfeige landete in Francescos Gesicht. Angewidert ließ Cleo das Höschen fallen und flüchtete rasend vor Wut aus dem Laden. Die Glocke des Souvenirstübchens klang in ihren Ohren nach wie ein böses Omen. Doch es stand nichts mehr bevor. Es war längst vorbei.

11. Verhängnisvoller Besuch

Wütend warf Cleo ihre Klamotten in ihren Koffer. Doch dann schnaubte sie laut auf. Ihre Augen flimmerten böse. Es mochte ja sein, dass sie mit ihren lila Assoziationen unrecht hatte, aber in einem Punkt irrte sie sich nicht: Das Höschen landete nicht von alleine auf Francescos Couch! Und es gehörte bestimmt nicht Mama Gracia.

Cleo ließ sich zischend auf das Bett fallen. Dieser Anhänger! Dieser lila Anhänger hatte sich in ihr Gedächtnis eingebrannt. Ihn gab es sicher wie Sand am Meer, oder nicht? In ihrem Bauch fühlte es sich viel zu sehr nach der Rache von Greg an. Und doch würde sie so gerne noch einmal von Francesco in den Arm genommen werden. Cleo seufzte ärgerlich.

Nein!

Sie sprang auf und packte ihren Kulturbeutel in den Koffer und drückte ihn mit all der Wut zusammen, die in ihr kochte. Dann schloss sie den Koffer und stürmte zur Tür. „Auf nimmer Wiedersehen, Italien!", keifte sie und riss die Tür auf.

„Cleo!"

Francesco!

Cleo schreckte zurück.

„Lass uns reden!", bat er. Sein Blick war verzweifelt. Den armen Welpen konnte er sich sparen.

„Bitte!“, drängte er und schob Cleo zurück in das Zimmer.

„Ich schwöre, ich habe nichts mit ihr gehabt.“

Der Griff, der Cleo hielt, war stark und zeigte Verzweiflung. Francescos Stimme bebte. In seinen Augen lag eine Dringlichkeit, die Cleo nicht deuten konnte.

„Lass mich los!“, zischte sie und Francesco ließ sie frei. Wütend stellte sie den Koffer ab und drehte sich zum Fenster um. Er rückte näher an Cleo heran, auch wenn sie ihm keinen weiteren Blick mehr schenkte.

„Hör mir zu!“, sagte er und er klang schwach. Cleo durchdrang der hilflose Unterton. „Ramona kam zu mir“, erklärte er. Seine Hände zitterten. Er legte sie auf Cleos Arm.

Cleo schluckte aufgeregt. Sie ahnte es! Ramona! Sie wusste, sie hatte diesen Namen schon irgendwann einmal gehört. Die Studentin! Greg! Ihre Finger verkrampften sich. Sie zitterte wütend und ihr Atem war so kochend heiß, dass die Fensterscheibe beschlug. Sie drückte das Fenster auf.

„Cleo!“, bat Francesco noch einmal. „Sieh mich an!“

Nur flüchtig erwiderte sie seinen Blick und er hatte die gleiche Macht wie zuvor. Sie kam nicht gegen diese Lawine an, die er wieder in ihr auslöste. Sie seufzte und verschränkte die Arme vor der Brust.

Das kleine Flittchen war also gekommen und hatte gesiegt. Wieder einmal.

„Ramona sagte, sie sei deine Freundin. Sie hat mir unser Foto gezeigt.“

Ein kurzes Lächeln huschte über seine Gesichtszüge, als würde er an einen Augenblick längst vergangener Zeiten denken.

Cleo runzelte die Stirn. Nun drehte sie sich herum.

„Sie sagte, du seist so plötzlich abgereist. Du hast einen Streit mit deinem Freund gehabt, mit Greg." Er verzog den Mund. Es fiel ihm schwer, dies auszusprechen. Seine Finger fuhren nervös über Cleos Haut. Sie suchten ihre Hand. Doch Cleo wich zurück. „Sie sagte, nachdem Greg unser Foto gesehen hatte, brach er den Kontakt zu dir ab. Ich habe sie beruhigt, dass du wohlauf bist. Dann ist sie gegangen. Mehr war da nicht. Wirklich. Ich habe keine Erklärung für den Slip und die Kette."

Cleo erwiderte seinen Blick. Für sie gab es keinen Zweifel daran, dass er die Wahrheit sagte. Sie kochte. Sie kochte vor Wut! „Greg! Dieser Mistkerl!", zeterte sie wild und erschrocken wich Francesco zurück. „Warum hat dieses Miststück dabei mitgemacht?!", zischte sie laut. Sie erwiderte die Berührung durch Francesco, indem sie ihre Hand auf seinen Arm legte. „Es tut mir leid." Beschämt sah sie auf die Wange, auf der knallhart ihre Ohrfeige gelandet war. Sie hätte dieses Komplott erkennen müssen. Warum sollte gerade diese Ziege auf ihren Francesco treffen und ihn zufällig verführen?

„Da war nichts. Wirklich", setzte Francesco leise fort. Seinem sanften Tonfall fehlte jegliche Energie.

„Ich weiß", sagte Cleo. Sie setzte sich aufs Bett. „Ich muss dir wohl endlich gestehen, wie ich wirklich nach Italien kam", sagte Cleo und seufzte.

Francesco schaute sie irritiert an. Er kniete sich vor ihr auf den Teppich und legte seine Finger auf ihre Knie, als wollte er ihr beim Gestehen beistehen.

„Mein Vater ist Inhaber der Firma, in der ich arbeite", fing sie zögerlich an. Francesco setzte sich ganz und stützte sich auf, während er jedes Wort von Cleos Lippen auffing. „Ich bin Sekretärin, aber ich soll mit in die Geschäftsführung aufgenommen werden.“

Francesco strich sich nachdenklich über die Stirn, doch er sagte keinen Ton.

„Ich war in einer Beziehung mit Greg. Er führte die Firma neben meinem Vater. Ich war damals mit Greg hier in Italien. Ich habe es geliebt“, schwärmte sie.

Cleo sah, wie Francesco schluckte, als steckte ihm etwas schwer in der Kehle. Er machte Anstalten, sich zu erheben, doch dann rückte er näher an Cleo heran.

„Ich habe Italien geliebt und ich liebe es, in den kleinen Augenblicken, in den großen, in den kleinen Sachen, wie es meine Seife ist, mit dem Duft der Freiheit. Greg hatte nie ein Auge für die Schönheiten des Lebens. Für ihn zählte nur Geld, Macht und dass ich ihm ein tolles Leben ermöglichte und dabei noch eine gute Figur neben ihm abgab. Irgendwie wurde mir das schon damals im Urlaub bewusst. Aber ich wollte es nicht wahrhaben.“

„Worauf willst du hinaus, Cleo?“

Von dieser Frage fühlte sich Cleo wie vor den Kopf geschlagen. So ernst hatte Francesco noch nie mit ihr gesprochen. Sein dunkler Blick war auf alles gefasst.

„Ich habe Greg mit seiner Affäre in der Firma erwischt. Es war das ausschlaggebende Ereignis, das dazu geführt hatte, dass ich hier sein wollte, an einem Ort, den ich liebe. Ich wollte Italien zu meinem Land machen, neue Erinnerungen schaffen und diese Vergangenheit zurücklassen.“

Francesco seufzte kaum hörbar. Cleo spürte seine Anspannung. Ihr fehlte sein losgelöstes Lächeln. Sie nahm
seine Hand und führte sie an ihre Wange.

„Das liegt alles hinter mir. Ich will das nicht mehr. Ich
habe hier gemerkt, wie glücklich ich sein kann, wenn
ich einfach nur lebe.“

Francesco runzelte die Stirn.

„Ich bin mir sicher, dass diese Ramona die ist, mit der
ich ihn erwischt hatte, eine Werksstudentin, die auf das
aus ist, was auch ihm das Wichtigste ist: Geld, Ruhm,
Karriere.“

Cleo konnte sehen, wie schwerfällig sich Francesco
Brust unter seinem weißen Hemd hob.

„Wahrscheinlich soll ihm seine Mätresse dabei helfen, mich wieder in die Firma zurückzuholen, damit er
den Schein des anständigen Unternehmers wahren
kann und mein Vater ihm gut gesonnen ist. Ich bin mir
sicher, mein Vater hat keine Ahnung von dem Eklat.“

„Das dort ist dein Leben“, sagte er ernst. „Es ist die
Firma deines Vaters.“ Er gab ihre Hand frei. Nachdenklich legte er sich aufs Bett und schob seine Arme unter
den Kopf. Er starrte schweigend an die Decke.

Cleo seufzte laut und rutschte dicht an seine Seite. Genau das sollte er nicht denken. Er sollte doch wissen,
dass er ihr inzwischen viel wichtiger geworden war.

„Du hast mich nicht richtig verstanden“, sagte Cleo.
„Ich will das alles hinter mir lassen. Ich will das nicht
mehr.“

Francesco schwieg. Er schloss die Augen und doch
waren auf seiner Stirn noch immer tiefe Furchen.

„He!" Sie stieß ihn an. Ihre durch die Intrige entstandene Wut war verraucht. Sie hatte sie gegen die Sehnsucht nach Nähe eingetauscht. Francesco war hier bei ihr. Das war das Wichtigste. Sie glaubte ihm, denn sie kannte Greg und seinen tiefschwarzen Charakter. Francesco blieb stumm. Er öffnete die Augen wieder und sagte keinen Ton.

„He, muss ich erst meinen Gummi-Hai holen, damit du wieder lächelst?", neckte Cleo ihn und es wirkte. Er schenkte ihr ein verhaltenes Grinsen. Frech kletterte sie auf ihn und griff seine Hände, fast so, wie er es im Palmengarten gemacht hatte. „Ich schwöre es. Ich hole einen Hai und der ist noch viel gefährlicher als deiner", sagte sie und ließ ihre Worte flüsternd ausklingen, indem sie mit ihren Lippen seinen Hals berührte und verspielt daran knabberte.

„Wenn ich jetzt noch weiter den Reglosen mime, machst du dann weiter?", zog er sie auf.

„He!" Cleo lachte. „Du bist wieder der Alte", sagte sie erleichtert.

Francesco richtete sich auf und schlang seine Arme um sie. „Danke", sagte er sanft und sein Blick war wie eine Droge.

Cleos Herz raste sofort immens stark in ihrer Brust. „Dafür, dass du mir vertraust, wenn auch erst im zweiten Anlauf. Ich hätte ja genauso eine einfache Affäre sein können."

„Die Macht und Geld will", konterte Cleo. Er lächelte. Sein Körper bebte unter Cleos. Er atmete tief ein.

„Du bist Lebensfreude", erklärte Cleo ihm und verlor sich in seinen dunklen Augen, die sie vereinnahmen wollten, damit sie wieder Zeit und Raum vergaß. Zärtlich drückte Francesco Cleo an sich, hielt ihre Hände noch immer. „Wirklich", sagte Cleo ernst. „Ich will die Vergangenheit hinter mir lassen."

„Weil die Gegenwart gerade so herrlich ist?"

„Ich kann nicht klagen", sagte sie und hauchte ihm einen Luftkuss zu.

„Aber?" Seine Brauen hoben sich. Er ließ Cleos Hände frei.

Zärtlich legte sie ihre Arme um ihn und ließ ihre Finger über seinen Nacken fahren. Nachdenklich senkte sie den Kopf. Ihre Lippen glitten zärtlich über Francescos Wange. „Ich will mich von der Vergangenheit befreien und den Neuanfang leben", entgegnete sie.

„Befreie dich jetzt!", sagte er und lächelte gequält. Er sank tiefer in die Kissen des Bettes und zog Cleo so nah an sein Gesicht heran, dass er ihren Atem spüren konnte. „Geh mit mir in die Zukunft", flüsterte er und keinen Satz hatte er je ernster gesprochen als diesen hier. Und nun war er es, der seine Hand unter ihrem Haar vergrub. Er küsste Cleo. Sinnlich umspielte seine Zunge ihre. Das Spiel mit der Lust hatte wieder begonnen. Sein Arm hielt ihre Taille, als wäre sie sein schönster Besitz. Er seufzte. Sein Leib erzitterte unter ihr. Sie schloss die Augen und spürte seine Finger, die sich unter den Stoff ihres Kleides schoben und sie streichelten. Hitzig wand sie sich. Während Francesco sie umklammert hielt, wurde sein Kuss vehement leidenschaftlicher. Er rang nach Luft. Sein Blick war entschlossen. Sie war wieder ganz da: diese Sehnsucht nach mehr von ihm! Cleo öffnete sein Hemd. Francesco zitterte.

Seine Augen gehörten ihr und nun auch seine Brust, die sie mit den zarten Berührungen ihrer Lippen bedeckte, während ihre Hände seinen Hals entlangfuhren. Kreisend bewegte Cleo ihren Körper auf ihm. Sie wollten beide mehr.

Francesco richtete sich auf. Entschlossen half er Cleo dabei, ihr Kleid über den Kopf zu ziehen. Behutsam berührten seine Finger ihre nackte Haut. „Ich will dich so sehr", stieß er aus und in seinem Blick lag etwas, das an Verzweiflung erinnerte.

„Nicht wollen, handeln", gab Cleo süß zurück.

„Kleines Biest!" Sein Blick durchdrang Cleo. „Na warte!", sagte er. Im Nu schob er Cleo von sich und nahm ihre Position ein, in dem er sich sinnlich auf sie legte. Er bestrafte sie mit einem innigen langen Kuss.

Cleo wollte nicht warten. Sie ließ ihre Hand niederfahren und öffnete seine Hose. „Streiten und vertragen", flüsterte sie verwegen und befreite sein Glied.

Francescos Zunge liebkoste ihr Ohr. „Ich möchte mich nicht mit dir streiten. Geht es auch ohne den Streit?"

„Schauen wir mal", sagte Cleo und zwinkerte ihm zu.

Er fischte ein Kondom aus seiner Hose und sie stülpte es ihm über. Bedächtig führte sie sein Glied an ihre Scham. Sie war es, die ihm half, in sie einzudringen.

Doch nun gab es für Francesco kein Halten mehr. Seine Zunge fand wieder ihre und genauso feurig wie ihre Küsse waren, so rhythmisch und leidenschaftlich bewegten sie sich miteinander.

„Ich kann dir nicht versprechen, dass ich dieses Vertragen lange aushalte."

„Nein?", fragte Francesco mit diesem Augenaufschlag, der Cleo so verrückt machte. Sie schloss ihre Augen und ließ sich ganz auf Francescos intensive Bewegungen ein.

Und nun nahm sie seine Hände in ihre, führte sie an ihre Wangen und ließ das Unaufhaltsame zu, das sie beide flutete.

Und genauso wie Cleo es im Palmengarten getan hatte, bäumte sich nun Francesco auf und es waren ihre gemeinsamen Laute, die durch das Zimmer drangen.

„Ich hätte nichts gegen immer wieder", hauchte Cleo ihm zu. Francesco lächelte selig. „Das sagst du nur, weil ich einen Hai in petto habe."

Cleo lachte.

Arm in Arm genossen sie ihre gegenseitige Wärme, ließen die Dunkelheit kommen und lauschten schließlich gemeinsam den Geräuschen der Nacht, die durch das geöffnete Fenster drangen. Sie hörten das leise Flüstern des Windes, sahen hinaus zu den Sternen und atmeten einfach miteinander.

Es war die Sonne, die Cleo mit ihren warmen Strahlen wenige Stunden später weckte. Doch es war Francescos Blick, der sie warm mit einem Lächeln erfüllte.

„Guten Morgen", sagte er sanft und strich behutsam über Cleos Wange. An so ein Aufwachen könnte Cleo sich gewöhnen.

„Ich werde es machen", gab Cleo schwach zurück und lächelte selig.

„Was?" Francesco war irritiert.

„Ich werde den Laden deiner Mutter übernehmen."

„Wirklich?" Sein Gesicht strahlte. Mit überschwänglicher Freude drückte Francesco sie an sich. Ein dicker Schmatzer landete auf ihren Lippen.

„Ich nehme an, du und dein Hai, ihr seid glücklich darüber?"

Lächelnd und ohne ein Wort sah er Cleo an. In der Stille lag ein Prickeln. Doch dann seufzte er. „Ich muss nun leider arbeiten", flüsterte er und richtete sich auf.

„Hallo, mein Freund? Denke an deine Überstunden!", sagte Cleo und strich ihm durch sein Haar.

„Das Hotel ist mein Leben und vielleicht bekomme ich ja Besuch auf der Terrasse?"

Zärtlich hauchte er einen Kuss auf Cleos Stirn. Glücklich streckte sie sich. Francesco zog sich an.

„Sehen wir uns gleich?"

„Kann ich nein sagen?", gab Cleo zurück.

Er lächelte. „Bis später."

„Bis später."

Francesco verließ das Zimmer. Sofort kam Cleo ein übler Gedanke.

Valentina! Was war, wenn sie mitbekommen hatte, dass Francesco die Nacht mit ihr verbracht hatte? Cleo schluckte. Ihr Herz schlug sofort schneller. Er würde doch nicht seinen Job verlieren?

Die kühle Morgendusche befreite sie von dieser unliebsamen Frage. Es war, als spüre sie noch immer die Küsse auf ihrer Haut, mit denen er ihren ganzen Körper bedeckt hatte. Ihr Zitronenduft erfüllte das Bad. Sie konnte nicht schnell genug beim Frühstück sein, um ihn wiederzusehen. Sie klappte ihren Koffer wieder auf und hängte die Kleidung zurück in den Schrank.

„Dumm gelaufen, Greg!", sagte sie listig, als könnte er aus der Ferne ihren Worten lauschen. „Ich hatte die tollste Nacht meines Lebens und du konntest nichts dagegen tun."

Sie atmete tief durch, griff sich das grüne Kleid und schlüpfte hinein. Heute Morgen fühlte sie sich besonders attraktiv und doch wollten ihre Beine fast unter ihr nachgeben, während sie die Treppenstufen herunterstieg und die Restaurantterrasse betrat.

Ihr Tisch war frei. Cleo setzte sich und schenkte den jüngst Angereisten ein seliges Lächeln. Der neue Morgen war da, ein frischer Tag voll Glück und Sonnenschein!

Doch was war das?

Cleo sah Francesco. Er stand dort mit Valentina. Das sah nicht nach einer netten Unterhaltung aus. O nein! Sie stritten! Deutlich konnte Cleo das wütende Zetern der Hausherrin hören. Cleo fühlte sich sofort mitschuldig. Francesco hob tadelnd seine Hände, aber er schien in diesem Gespräch der Unterlegene zu sein, denn er wurde ruhig. Zu gern hätte Cleo die fremde Sprache verstanden. Wurde er gekündigt wegen Cleo? Wegen der gemeinsamen Nacht im Hotel? Hatte jemand davon Wind bekommen? Ihr Herzschlag beschleunigte sich unangenehm.

Und plötzlich stand ihr Mund offen. Noch eine Überraschung wartete da auf sie. Und es war keine angenehme!

Greg!

Leibhaftig!

Hier in Italien!

Feines Hemd, Gewinnerlächeln, viel zu viel Haargel!
Seine Mundwinkel wurden breiter, als Cleo seinen
Blick einfing.

Und er war nicht allein.

Cleos Vater!

Er hatte Cleos Vater dabei!

Cleos Stirn wurde siedend heiß. Sie sah die Papiere in
Gregs Hand. Sie kannte diese Unterlagen! Es war der
Vertrag, den sie unterschreiben sollte, um in die Ge-
schäftsführung zu kommen.

Ihre Kehle war plötzlich wie zugeschnürt. Sie schaute
zu Francesco und wieder zurück zu Greg. Sie fühlte sich
gerade wie ein Kaninchen, das man in die Enge treiben
wollte.

Er kam doch nicht wirklich im Beisein ihres Vaters
mit diesen verdammten Vertragsunterlagen nach Italien, weil er glaubte, ihr würde der Mut fehlen, ihm
endlich klipp und klar die Meinung zu sagen und ihm
die Abfuhr zu erteilen, die er verdiente?!

Aber hatte sie diesen Mut?

Ihr Vater winkte ihr zu. Überglücklich sie zu sehen,
wandelte sich sein schmales Lächeln in ein breites,
während sie auf ihren Tisch zukamen.

12. Das belauschte Liebesspiel

Cleo hatte das Gefühl, aus ihrer vertrauten Umgebung herausgerissen zu werden und das mit einer solchen Wucht, dass es ihr selbst den Boden unter den Füßen wegreißen wollte. Ihr Herz raste und sie fühlte den Anflug einer Ohnmacht. Sie blickte auf Greg, sein blondes Haar, seine gut rasierten Schläfen, sein makelloses Hemd. Er sah aus wie immer und doch galt Cleos ganze Abscheu ihm. Hatte sie wirklich gedacht, Greg würde das Selfie so auf sich beruhen lassen?

Flüchtig erinnerte sie sich an den lustigen Moment mit Francesco dort am Wasser. Sie schluckte die Erinnerung wie einen längst gekauten Bissen herunter. In ihren Ohren dröhnte es. Sie fühlte sich wie ein Tier, das zu gehorchen hatte. Dieses Kaninchen eben.

„Guten Morgen, mein Schatz. Ich hoffe, du hast gut geschlafen oder haut dich unser Überraschungsbesuch um?"

Schatz? Du spielst hier die heile Beziehung vor?!

Cleos Finger verkrampften sich. Greg strahlte und sein Lächeln war überheblich und listig. Er führte ihren Vater zu ihrem Tisch und zog zwei Stühle für sie zurück.

„Guten Morgen, Engelchen!" Hatte Cleo etwa wirklich gerade diese Worte mit einem bissigen Unterton ausgestoßen? Sie schluckte und rang nach Luft. Das Aufstehen fiel ihr schwer. Ihr Vater trug sein bestes Hemd und eine feine Hose. Sie hatte sich privat lange nicht mehr mit ihrem Papa getroffen. Er strahlte über das ganze Gesicht und wirkte, als sei es ihm eine riesige Freude, Cleo so in Italien zu überraschen.

„Morgen Papa. Was macht ihr denn hier?"

Ihre Stimme zitterte und Cleo sah Greg deutlich an, dass es ihn erfreute. Sein Lächeln wirkte fast überheblich.

„Du weißt doch, ein Urlaub allein ist kein Urlaub", säuselte Greg und winkte einen Kellner heran. Es war Francesco.

O bitte nicht ihn!

„Ich habe deinem Vater vorgeschlagen, wir könnten dich hier überraschen und er war ganz angetan von der Idee."

Cleo steckte ein Kloß im Hals. Francesco drehte sich zu ihnen herum. Und starrte zu ihr! Er schaute genauso empört wie Cleo. Auf seiner Stirn zeichneten sich tiefe Furchen ab. Doch er errang seine Fassung schnell wieder und kam zu ihr und ihrem Besuch.

„Buongiorno! Was kann ich für Sie tun?"

Er lächelte, aber Cleo merkte, dass es nicht so ehrlich war wie sonst. Auf seinen Handrücken traten seine Adern hervor.

„Cleo?", fragte Greg mit gespieltem Erstaunen. „Ist das nicht der junge Kellner, der dir so toll die Insel gezeigt hat?"

„Halbinsel", zischte Cleo und fing Papas verwunderten Blick ein. Ihr Vater schaute von ihr zu Greg.

Francesco hielt die Luft an. Was lief hier?

„Oh, ich habe mich noch gar nicht vorgestellt", sagte Greg und richtete sich wieder an den Kellner. „Ich bin Greg, Cleos Verlobter und das ist mein Schwiegervater, Cleos Papa", sagte er und legte seine Hand auf Cleos. Prompt zog sie sie zurück.

Was bildet er sich ein!?

Francesco suchte Cleos Blick. Aus seinem sprach alles.

O Francesco! Du kaufst ihm doch diese billige Beziehungsshow nicht etwa ab!?

Er sah enttäuscht aus, fast ein bisschen verzweifelt, ernst. Cleo erkannte inzwischen, wann er angespannt war und mit Sicherheit war er das jetzt. Seine Schultern hielt er höher, sein Lächeln war schmal. Er runzelte die Stirn, doch dann zeigte er sich wieder höflich.

„Schön, Sie kennenzulernen."

Er spielte seine Rolle perfekt, doch seine Maske drohte zu bröckeln. Warum sah er Cleo nicht mehr an? Sie atmete schnell. Sollte sie Greg jetzt vor ihrem Vater eine Szene machen? Sie wünschte sich ihre Mutter zurück. In ihrem Beisein wäre es ihr leichter gefallen, einfach die Karten auf den Tisch zu legen. Ihre Mama konnte ihren Papa immer schnell beruhigen und davon überzeugen, dass etwas doch gar nicht so schlimm war. Aber leider hatte Cleo ihre Mutter vor zwei Jahren durch einen Autounfall verloren.

Warum stellst du Greg nicht endlich als den dar, der er ist? Ein Betrüger und Lügner!

Wenn sie es nur könnte! Ihr Vater und Greg waren ein Herz und eine Seele. Ihr Papa lächelte.

„Drei Kaffee bitte und das große italienische Frühstück. Meine Frau hat es immer schon geliebt", gab Greg an.

Francesco ließ seinen Block sinken. Diese Äußerung traf ihn wohl wie ein Schlag.

„Das große Frühstück also", sagte er und klang dabei anders als sonst. Sein Frohsinn fehlte. Er wusste es besser. Bei ihm hatte Cleo noch nie das große Frühstück bestellt.

Ihr Kellner führte seinen Stift zitternd über das Papier. Er nickte und schritt viel zu schnell auf den nächsten Tisch zu. Greg lehnte sich zufrieden zurück. Sein Fuß suchte Cleos Knöchel. Sie rutsche zurück. Da gab es keine Vertrautheit und keine Sehnsucht mehr. Alles was mal zwischen ihnen gewesen war, war längst gestorben und dass wohl schon lange vor Ramona. Je länger Cleo darüber nachdachte, desto sicherer war sie sich dessen.

Greg rückte dicht neben sie und strich liebevoll über ihre Wange. Angewidert lehnte Cleo sich auf ihrem Stuhl zurück. Schlimmer konnte es wohl nicht mehr kommen.

„Ich habe gedacht, in der Firma gibt es so viel zu tun", sagte Cleo stichelnd. Greg erwiderte ihre Bissigkeit mit Überheblichkeit.

Merkt Papa denn nicht, was los ist?

„Du weißt doch Schatz, du bist mir immer wichtiger gewesen als die Arbeit. Wie kann ich dich allein reisen lassen? Ich war ein Narr! Aber nun bin ich da, um mich um dich zu kümmern."

Er zwinkerte ihr zu. Cleo bekam eine ungewollte Gänsehaut, der ein kalter Schauer über den Rücken folgte. *Diese Verlogenheit!*

Er war ein Spieler und sie war sein Spielzeug, das nur den einen Zweck hatte, ihm bei ihrem Vater und in der

Firma ein gutes Ansehen zu sichern. Cleo seufzte kaum hörbar.

„Wir haben die Papiere mit, Schatz", sagte Greg. „Wir dachten, so beschleunigen wir das Ganze und du kannst nach dem Urlaub gleich an meiner Seite starten."

Francesco musste diese Worte gehört haben, denn er marschierte mit festen Schritten ins Restaurantinnere. Cleo biss sich auf die Lippe. Hilflos sah sie ihm nach.

„Du siehst wirklich gut erholt aus. Ich hoffe, die italienische Luft bekommt uns auch so gut."

„Bestimmt Papa", gab Cleo knapp zurück und warf Greg einen giftigen Blick zu. Er lächelte siegesbewusst.

„Ich bin mir sicher, dass mein Schatz uns ganz tolle Orte zeigen kann, nicht wahr? Der Blick auf den See ist traumhaft. Ich freue mich schon auf einen nächtlichen Spaziergang mit dir. So wie früher, weißt du noch?" Gregs Wangen glänzten nun rosig. Cleo wusste, worauf er anspielte. Greg hatte sie damals verführt, als sie an einem einsamen Bootssteg entlanggewandert waren.

Wie konnte er nur daran denken! Wie konnte er auch nur glauben, sie würde sich nach Ramona noch einmal auf ihn einlassen?!

Cleo schlug wütend die Beine übereinander. In ihren Wangen pochte es heiß, doch sie erwiderte das Lächeln ihres Vaters. Diese Show widerte sie an. Sie nickte stumm. Sie brodelte vor Wut, doch ihr Papa lächelte selig. Dieses Lächeln war echt und das machte es Cleo so schwer, auszupacken.

„Eine Auszeit tut uns allen bestimmt gut", warf ihr Vater ein. „Es ist schön, wenn ich euch mal etwas Gesellschaft leisten kann. Die Familie kam schon zu lange zu kurz. Ich freue mich auf die Zeit mit euch. Es ist so schön, dich zu sehen, Cleo."

Cleo zupfte unruhig am Tischtuch. Sie blickte zum Restauranteingang. Francesco kam wieder! Sie blickte zu ihm auf, doch er wich ihrem Blick gekonnt aus. Er wirkte konzentriert, strahlte Härte aus und erschien wie der perfekte Kellner, der stets nur seine Arbeit tat, und das in höchstem und bestem Maße. Aber leider fehlte die Herzlichkeit, die Cleo so verzaubert hatte. Cleo drückte schmerzlich ihre Finger zusammen. *Schatz! Verlobter! Dass ich nicht lache!* Sie wischte sich nervös über die Lippen.

„Bitte, für die Dame einen Kaffee und für die Herren."

Sein Lächeln war kurz wieder da, aber die Lebensfreude darin und der Charme gingen verloren. Er spielte eine Rolle und nicht mehr die Späße, die Cleo so glücklich machten. Keiner sollte das Recht haben, ihr und Francesco diese belebenden Flirts zu nehmen! Cleo wollte es nicht mehr missen.

„Ach, wissen Sie was!?", triumphierte Greg. „Wie ist ihr Name?", fragte er den Kellner.

„Francesco, Signore."

„Francesco, bringen Sie uns vier Gläser Champagner und stoßen Sie mit uns an!"

„Worauf?", fragte der Kellner knapp.

„Meine Tochter gehört jetzt zur Geschäftsführung", erwiderte ihr Vater.

„Glückwunsch", sagte Francesco und warf Cleo einen kühlen Blick zu. Er traf tief.

Höre doch bitte auf, das alles zu glauben!

Warum griff Cleo nicht endlich ein?

„Entschuldigen Sie, Signore. Während der Arbeitszeit trinke ich nicht."

Schnell wandte er sich ab und verschwand wieder im Restaurant, was er sonst nicht tat, da er zumindest während Cleos Aufenthalt immer auf der Terrasse bedient hatte.

Cleo bebte. Sie fühlte sich wie eine Gefangene, die es nicht schaffte, ihren Käfig aufzubrechen. Noch einmal schenkte Greg ihr den Blick des Sieges.

„Schatz, lächele doch mal! Was ist denn heute mit dir los? Hast du nicht gut geschlafen?"

Cleo schoss wütend hoch. Fast erwischte sie dabei ihre Kaffeetasse.

„Sei mir nicht böse, Papa! Aber die Hitze der letzten Tage fordert wohl ihren Tribut. Ich habe bestialische Kopfschmerzen. Ich muss mich etwas hinlegen."

Ihr böser Blick galt Greg. Ihr Vater erhob sich.

„Schatz!", sagte er.

„Ist schon gut, Papa. Ich bin schnell wieder fit und wir werden ja noch viel Zeit miteinander verbringen können."

Er setzte sich wieder.

„Ich hoffe, du bekommst nicht wieder deine schlimme Migräne. Ich weiß, wie sehr deine Mutter immer darunter gelitten hat. Die Hitze ist aber auch unerträglich. Ruhe dich aus! Ich bin nicht böse! Greg und ich werden den Tag ganz entspannt angehen."

Gregs Blick für Cleo war giftig. „Der Vertrag wartet auf dich", sagte Greg selig, doch seine Ohren waren tiefrot. Nun war er es wohl, der innerlich vor Wut kochte.

Soll er sich seine Vertragsunterlagen sonst wohin stecken!

Cleo wollte nicht resignieren, doch Greg war ein raffinierter Spieler. Das hatte er in seinem Leben schon oft bewiesen.

Warum tut er das, wenn er mich doch nicht liebt? Ich hätte Greg vor Papa mit Ramona konfrontieren sollen. Warum habe ich es nicht geschafft?

Cleo atmete hastig. Ihre schnellen Schritte führten sie vorne herum in die Lobby. Endlich weg von ihm und seinem falschen Gehabe. Was dachte Francesco jetzt nur? Er fiel doch nicht etwa auf dieses billige Theater rein? Glaubte Francesco etwa, sie hätte ihm das alles nur vorgespielt? Ihre Gefühle für ihn waren echt.

Sie seufzte. Ihr Herzschlag beruhigte sich etwas. Da waren sie wieder, die Bilder in der Lobby, die sie so begeistert angesehen hatte. Sie blickte auf die mit feinem Pinselstrich gemalten Zitronen und versank darin, bis ihre Gedanken so laut schrien, dass sie sich verzweifelt auf das Sofa davor setzte.

Stärke! Jetzt braucht es Stärke, Cleo! Warum ich? Warum kann ich nicht einfach glücklich sein!? Warum kann Greg es nicht gut sein lassen? Die Firma … Mama, du hast immer Recht gehabt. Greg war nie der Richtige.

Doch während Cleo das flaue Gefühl im Magen lag, entschuldigte sich Greg bei ihrem Vater.

„Ich werde nach ihr schauen", sagte er.

„Ist okay. Richte ihr gute Besserung aus."

Cleo erhob sich entschlossen. Sie marschierte zurück und blickte durch die Fensterscheiben hindurch nach draußen. Francesco war weder hier noch im Restaurant zu sehen. Sie seufzte leise und drehte sich um. Keinesfalls wollte sie hier noch einmal auf Greg stoßen. Zügig verließ sie das Restaurant. Erst jetzt bemerkte sie, dass es neben der Rezeption einen unscheinbaren Lift gab. Sie stieg in den Fahrstuhl. Hier warteten wenigstens keine unliebsamen Begegnungen auf sie. Ihr Herz klopfte wieder wütend. Diese Lüge und Ungerechtigkeit würde sie nicht einfach so hinnehmen.

Die Fahrstuhltüren öffneten sich. Jemand huschte über den Flur. Sie konnte nur noch ein weißes Hemd und eine dunkle Hose erkennen. Jemand mit dunklen Haaren! Wer war das? War das Francesco? Schmerzlich biss sie sich auf die Lippen. Sie eilte rasch in den Flur. Da!

Doch eine Zimmertür öffnete sich von innen und der Mann, den sie viel zu kurz gesehen hatte, verschwand darin.

War das Francesco? Oder spielten ihr all die quälenden Gedanken im Kopf einen Streich? Cleo blieb stehen. War das ihr Kellner? War das wirklich Francesco? Warum verschwand er in einem Zimmer? Wenn er es war … rächte er sich für das gerade Geschehene, in dem er sich von Madonna mitreißen ließ?

O was für ein absurder Gedanke! Oder nicht? Das kann nicht sein!

Aber dieses Bild war nun in ihrem Kopf und wollte nicht gehen. Cleos Puls war so spürbar, dass ihr ein Pochen in ihren Ohren fast die Besinnung raubte. Sie lauschte. Sie hörte Stimmen, ein Poltern, ein Lachen. War es Francescos? Sie drehte sich um. Sie war allein auf dem Gang. Auf Zehenspitzen schlich sie weiter. Als hätte sie etwas vergessen, blieb sie vor der besagten Tür stehen und kramte in ihrer Handtasche. Doch ihre Finger erstarrten sofort. Ein Stöhnen! Das Bild von Francesco drang in ihren Kopf. Sie hatte seine Ekstase am eigenen Leib erfahren, seine Stimme, seinen Hauch, sein Beben.

Francesco!

Ihr Herz hämmerte. Sie lauschte angestrengt.

Nein!

Das konnte nicht sein!

Cleo biss sich auf die Lippe. Sie lehnte sich gegen die Wand und lauschte. Es bestand kein Zweifel daran, dass sich dort drinnen gerade Mann und Frau miteinander vergnügten. Das würde er nie tun, oder?

Sie schluckte. Ihr blieb die Spucke weg.

Das Bild von Madonna drang in ihren Kopf. Ihres und das von Francesco! Cleos Hände zitterten.

Nein!

Aber dieser Tonfall! Cleo schloss die Augen. Ihr wurde übel. Sie hörte das verspielte Kichern einer Frau, dem eine betörende Antwort in fremder Sprache folgte, die sie nicht verstand. Gedanken rasten unkontrollierbar durch ihren Kopf, Bilder ihrer gemeinsamen Nacht, ihrer innigen und ebenso verspielten Verbindung. Rasch flüchtete Cleo. Sie stieß ihre Zimmertür auf und warf sie laut hinter sich zu.

Kein Zweifel! Das war Francesco! Oder doch ein Hauch eines Zweifels?

Das war schnelle Rache, mein Freund. Du hast echt Gregs Show geglaubt!

Cleo ließ sich auf ihr Bett fallen. Sie konnte verstehen, warum Francesco das tat. Das, was er gehört hatte, musste ihm das Herz gebrochen haben. Schließlich redete Cleo vor ein paar Stunden noch von einem Neuanfang in Italien und dann kam Greg mit seinen Vertragsunterlagen. Aber er hatte doch am eigenen Leib durch dieses Spitzenhöschen in seiner Couchritze erfahren, wie hinterhältig und gerissen Greg sein konnte.

Cleo drückte das Kissen auf ihren Kopf. Er wollte zerbersten. Die Vorstellung, wie Francesco dort im Zimmer eine andere nicht nur liebkoste, versetzte ihr einen tiefen Stich, der verdammt wehtat. Francescos Küsse auf fremder Haut, sein sanfter Atem, seine liebevolle Stimme, sein Lächeln und seine Späße, alles für eine andere.

Cleo hatte das Gefühl, unendlich tief zu fallen. Sie griff nach dem Bettlaken, als müsste sie sich an irgendetwas festhalten. Es zerriss ihr das Herz. Ihr Blut kochte. Francesco in dem Zimmer! Oder war es nicht der italienische Kellner?

Haifisch, Punktsieg.

Cleo konnte keinen klaren Gedanken mehr fassen. Sie bildete sich ein, diese erhitzten Laute noch immer zu hören. Sie wand sich. Das fühlte sich alles nicht real an. Warum sie? Warum war sie mittendrin in dieser Realität, die sich anfühlte wie ein schlecht einstudiertes Schauspiel mit falschem Ausgang? Das war einfach nicht fair.

„Idiot!", schrie sie und sie wusste nicht, wem es galt. Greg? Francesco? Ihr selbst? Es war sicher für alle etwas dabei.

Wütend ballte sie die Hand zu einer Faust und biss sich zitternd auf die Lippe.

13. Erwischt

Das Panorama vor dem Fenster mit seinen bunten Farben hatte jeglichen Reiz verloren. Cleo stand dort und sah hinaus. Greg war da und er wollte sich Italien zurückerobern. Und nicht nur das! Cleo seufzte. Einen Augenblick lang herrschte Chaos in ihren Gedanken, doch dann stieß sie das Fenster weit auf und atmete tief ein.

Nein! Damit sollte Schluss sein. Sie würde diese ganze Sache mit Greg aufklären. Es tat ihr nur so verdammt leid um Papa. Er würde aus allen Wolken fallen. Cleo und Greg waren immer das Traumpaar, oberflächlich gesehen. Sollte sie zu ihrem Vater gehen? Wie ein Schauer brachen die Bilder und Erinnerungen ihrer kurzen und doch so intensiven Zeit mit Francesco über sie herein.

He! Sieg für den Haifischbändiger.

Sie warf sich wieder auf ihr Bett. Greg besaß nicht mal den Anstand, nach ihr zu sehen. Aber sie war froh darüber, vorerst einer weiteren Auseinandersetzung aus dem Weg gehen zu können. Ihre Tür war von innen zugesperrt.

Sie drehte sich herum. Ihr Kopfkissen roch nach dem Parfüm ihres Kellners. Das tat weh! Wäre er doch nur hier! Zärtlich strich sie darüber und lächelte, weil es sie für einen Moment vergessen ließ, wo er wohl gerade war. Sie inhalierte den Duft. Doch die Wut darüber, was er in diesem Augenblick tat, kehrte zurück.

Er hat die erstbeste Gelegenheit genutzt, um ...

Sie quälte sich selbst mit diesem Gedanken. Wütend warf Cleo das Kissen gegen den Schrank. Ihr eigener Körper widerte sie an. Es fühlte sich noch immer an, als wäre er mit Francescos sanften Küssen bedeckt, die ihr nun nicht mehr ehrlich vorkamen. Francesco war genauso wenig zuverlässig wie …

Cleo seufzte aufgebracht.

Sie war es, die von Anfang an alle Karten hätte auf den Tisch legen sollen. Was dachte er denn jetzt nur von ihr? Nach der Sache mit Ramona hätte er doch wissen müssen, wie Greg tickte!

Sie schaute in ihr Spiegelbild, das sie so verzweifelt ansah.

„Das Werbegesicht kannst du dir sonst wo hinstecken", zischte sie laut, als spräche sie mit ihm. Doch der letzte Laut ging in einen weinerlichen Ton über.

Energisch griff sie ihr Handtuch.

Dieses Zimmer nie wieder zu verlassen, könnte die einfachste Lösung sein. Aber für den Anfang tat es eine lange Dusche, die den letzten Hauch einer zärtlichen Erinnerung herunterspülen sollte.

Cleo ließ das Wasser laufen, und zwar so kalt, dass sie hoffte, die unangenehme Temperatur könnte jeden anderen Gedanken verjagen. Sie schüttelte sich. Das tat gut. Durch den Schauer spürte sie jede Pore, was ihr das Gefühl gab, noch vollkommen da und nicht die Statistin in irgendeinem schlechten Film zu sein.

Wie hatte sie Greg nur einst so lieben können? Er hatte sie stets zurecht gebogen, wie es für ihn gepasst hatte. Aber was war mit ihren Bedürfnissen und dem, was sie liebte und ausmachte?

Sie wischte sich das Wasser aus dem Gesicht. Mit Francesco war alles anders.

„Lockerleicht und fluffig …", sagte sie und verlor sich in einem süßen Lächeln. Für einen Augenblick vergaß sie, was sie da gerade auf dem Flur gehört hatte. Sein Temperament und sein Humor waren das, was ihn ausmachte. Und nun begann das Schönreden, das sie in ihrer Zeit mit Greg bereits perfektioniert hatte.

Sicher hatte sie sich getäuscht. Es war nicht Francescos Hemdärmel gewesen, den sie da in das Zimmer hatte verschwinden sehen. Es war nicht seine Stimme gewesen. Es war nicht seine Ekstase gewesen, der sie gelauscht hatte.

„Doch!", zischte Cleo und stellte das Wasser ab. Warum klopfte er nicht wieder energisch an ihre Tür? Warum wollte er nicht mit ihr reden? Warum kam er nicht? Weil er sie für eine erbärmliche Lügnerin hielt, die nur auf ein Urlaubsabenteuer aus war?

Ob er noch in ihren Armen liegt und ihre Schläfen streichelt wie meine?

Wütend griff sie nach ihrem Bademantel. Die Leichtigkeit, die mit Italien und Francesco in ihr Leben zurückgekehrt war, war verflogen.

Wie kann man nur so egoistisch sein, wegen Ansehen und Stolz so eine Show abzuziehen?

Sie stellte sich vor, wie Greg ihren Vater am Hafen entlangführte und dabei lächelte. Genauso fachmännisch wie er seine Konzepte in der Firma vorstellte, würde er Papa Limone zeigen. Cleo atmete angestrengt. Unbewusst strich sie über ihren Arm und tat dies genauso, wie Francesco es getan hatte. Sie biss sich verstört auf die Lippe. Es tat weh, so weh im Herzen. Sie stieg in ihre bequemen Schlafshorts und ein T-Shirt. Sollte Greg versauern dort draußen. Keiner würde sie heute noch zu Gesicht bekommen an diesem Tag und es ärgerte Cleo, dass nicht mal ihr Vater nach ihr schaute. Migräne ist nicht tödlich! Das hatte Greg immer gesagt und ihre starken Kopfschmerzen ins Lächerliche gezogen. Sie wünschte ihm die Pest an den Hals.

Draußen dämmerte es bereits, als Cleo sich endlich vom Bett erhob. Sie griff nach dem antik anmutenden Telefon und drückte die Taste für den Zimmerservice. Sie musste etwas essen, sonst standen ihr bald wirklich Kopfschmerzen bevor. Bei ihr war die Migräne oft eine Kreislaufsache.

Sie hörte einen Ton in der Leitung.

„Signora?“, meldete sich ein freundlich klingender Herr.

„Buongiorno.“

Cleo schluckte. Das war ja der Morgengruß, obwohl es doch längst spät am Abend war.

„Was kann ich für Sie tun?“

„Ich fühle mich heute nicht so gut und möchte nicht ins Restaurant. Gibt es auch eine Möglichkeit, mir etwas aufs Zimmer bringen zu lassen?“

„Sehr gerne. Was dürfen wir Ihnen bringen?“

„Irgendein Baguette und eine Flasche Wasser?“

„Salami, Hawaii oder unsere Spezialität des Hauses mit Käse überbacken und Früchten der Saison?“

„Gerne das Letzte.“

„Sehr gerne.“

„Danke.“

Cleo legte auf. Verdammt! Wusste er überhaupt, wer sie war? Aber sicher konnte er ihren Anruf zuordnen.

Inständig betete sie, Francesco würde mit ihrer Lieferung kommen und je weiter der Zeiger auf der Uhr voranschritt, desto schneller klopfte ihr Herz. Ihre Hände wurden feucht und ihr Hals war wie zugeschnürt.

Es klopfte.

„Signora? Zimmerservice!"

Eine Frau.

Cleo seufzte. Sie wischte sich ihre feuchten Hände an ihren Shorts ab und öffnete die Tür.

„Hallo", sagte sie und atmete erleichtert auf. Keine Madonna stand vor ihrer Tür, sondern eine junge, ihr noch unbekannte Frau. Sie lächelte gütig und schob einen kleinen Wagen ins Zimmer.

„Vielen Dank", sagte Cleo und gab der Frau ein paar Münzen. Sie nickte und lächelte, dann stellte sie einen üppig gefüllten Teller auf den Schreibtisch und goss Cleo aus der Flasche Wasser ein.

„Danke", sagte Cleo noch einmal und die Frau verabschiedete sich mit einem Nicken.

Sarkastisch lächelte Cleo. Das hatte doch etwas von Klassenfahrt mit Liebeskummer. Sie nahm ihren Teller und stieg damit ins Bett. Ein gut überbackenes und köstliches Baguette konnte den Kummer für einen Augenblick heilen. Doch die Realität kam viel zu schnell wieder.

Cleo stellte das Geschirr auf den Nachttischschrank und löschte das Licht. Draußen war es inzwischen so dunkel, dass ihre Beleuchtung sicher sehr auffiel. Sie wollte es nicht heraufbeschwören, dass doch noch Greg nach ihr sehen kam.

Die Nacht verstrich und je später es wurde und je näher der Morgen rückte, desto entschlossener war Cleo, alles richtigzustellen. Und schließlich lächelte sie. Alles würde wieder gut werden. Und so schlief sie irgendwann ein.

***

Die frische Morgendusche erfüllte das Bad mit fruchtigem Zitronenduft. Er bestärkte Cleo. Sie musste sich das alles nicht mehr geben. Männer! Heute war die Zeit für Revanche.

Sie zog das schwarze Kleid an, in dem sie sich immer am wohlsten gefühlt hatte.

Papa? Ich muss mit dir reden und dir etwas erklären.

In Gedanken spielte sie alle Möglichkeiten durch. Sie wusste noch nicht, wie sie den Anfang finden sollte, aber sie würde es durchziehen. Entschlossen öffnete sie die Tür und trat auf den Flur. Auch die Nebentür öffnete sich.

„Papa!", rief Cleo überrascht.

„Engelchen!"

„Ich wusste nicht, dass du das Zimmer neben mir hast."

„Ich bin auch überrascht. Geht es dir besser? Ich habe mir Sorgen gemacht. Greg war nach dir sehen. Sicher wollte er dich nicht allein lassen, ich habe ihn gestern gar nicht mehr zu Gesicht bekommen."

„Greg?" Irritiert runzelte Cleo die Stirn. „Greg war nicht hier."

„Wie?"

Ein lautes Gelächter unterbrach ihre Verwunderung. Auch gegenüber öffnete sich die Tür. Es war die besagte

Tür, die, hinter der Cleo Francesco zu hören geglaubt
hatte. Cleo hielt die Luft an. Diese Begegnung wollte sie
nun wirklich nicht. Sich Francesco mit einer anderen
vorzustellen, war eine Sache, aber ihn dann auch noch
mit ihr zu sehen?

Jemand kam raus.

Was?

Cleos Augen weiteten sich.

Es war nicht Francesco!

Ausatmen!

Greg stolperte auf den Flur!

Cleos Mund öffnete sich.

Greg! Es ist Greg!

Fassungslos starrte auch ihr Vater auf den stolzen
Schwiegersohn. Die Arme einer Frau schlangen sich
um seinen Hals, ehe sie auch auf den Flur trat.

Ramona!

Ramona folgte ihm hinaus und löste sich nur schwer
aus einer heißen Umarmung.

Fatal!

Sie bemerkten die Personen, die ihnen gegenüber-
standen.

Game over, Greg!

Gregs Blick traf zuerst Cleos. Es war Entsetzen, das
aus seinen Augen sprach. Und dieses wurde noch größer, als er Cleos Vater ansah.

Ein Gefühl der Genugtuung durchzog Cleo. Größer
noch war die Erleichterung darüber, dass es nicht
Francesco war. Das schwere Gespräch, das sie führen
wollte, war nun glücklicherweise nicht mehr erforder-
lich. Sie lächelte selig, während Ramona peinlich berührt wieder zurück ins Zimmer trat und Greg nervös

seinen Hemdkragen richtete. Sein Gesicht nahm eine tiefrote Farbe an. Die ihres Vaters ebenso.

„Cleo?", fragte ihr Papa irritiert.

„Guten Morgen, Greg", säuselte sie darauf und diesmal trug sie das Siegerlächeln.

„Cleo?", wiederholte ihr Vater, obwohl es doch Greg war, der ihm Antworten schuldete. Beruhigend legte Cleo ihre Hand auf die ihres Vaters.

„Was geht hier vor?", stieß er trotzdem ärgerlich aus.

„Lass mich das erklären!", rief Greg sofort. Doch Cleo kam ihm zuvor.

„Komm, Papa! Lass uns gehen."
Energisch hakte sie sich bei ihm unter und führte ihn den Flur entlang. Verwundert sah er sich noch einmal um. Greg sah ihnen nach und Cleo genoss für einen Moment die Hilflosigkeit, die aus seinem Blick sprach.

„Was war das?", bat ihr Vater noch einmal um eine Erklärung. „Ist das nicht diese Studentin aus der Firma?"

„Ja, Papa. Ramona", gab Cleo trocken zurück.

„Du bist nicht schockiert?"

„Papa!", sagte sie und seufzte. „Lass uns in Ruhe reden."
Er schüttelte noch immer den Kopf, als Cleo ihn in den Palmengarten führte, der bei Tageslicht ganz anders auf Cleo wirkte. Mit einem Schmunzeln im Gesicht erinnerte sie sich daran, warum eine der Liegen zerbrochen war.

Das Sonnenlicht und ein leichter Wind ließen die grünen Farben der Palmblätter tanzen. Sie führte ihren Vater neben dem Pool entlang, wo sie sich schließlich an einen Tisch mit drei Stühlen setzten.

„Erklär mir bitte, was hier vorgeht!"

Cleo schlug die Beine übereinander. „Papa, Greg ist ein Mistkerl! Ich habe ihn schon in Deutschland mit Ramona erwischt. Es war der Grund für meine plötzliche Reise hierher."

„Aber?"

„Es ist gut so." Cleo lächelte, während ihr Vater jeden ihrer Gesichtszüge prüfte. „Ich habe gemerkt, dass ich mit Greg nie richtig glücklich war. Das Schicksal hat sein Gutes getan. Es ist gut, dass das passiert ist und ich bin froh, dass du es nun selbst mitbekommen hast. Ich bin mir sicher, Greg hätte mich sonst als notorische Lügnerin hingestellt."

Ihr Vater strich nachdenklich über sein Kinn. „Was wird dann aus der Firma?", fragte er laut.

„Es ist deine Sache, Papa. Greg ist gut in dem, was er tut, jedenfalls was die Firmengeschäfte angeht. Es ist deine Entscheidung, ihn in der Firma zu behalten oder auch nicht."

Ihr Vater öffnete verwundert den Mund.

Cleo rieb über ihren Handrücken. Ihre Lippen waren trocken. „Ich möchte die Firma verlassen, Papa."

„Was?"

„Hör mir bitte zu!"

Ihr Vater richtete sich auf dem Stuhl auf. Er wirkte angespannt.

„Du weißt, dass ich immer andere Träume hatte. Es war nie mein Traum, Sekretärin in deiner Firma zu sein."

Verdammt, das klang jetzt bestimmt verletzend!

„Aber du kannst in die Geschäftsführung! Ich werde Greg rauswerfen!"

„Papa! Das will ich nicht. Ich habe hier in Italien gemerkt, dass ich viel glücklicher sein kann, als ich es dort jemals war.“

Ihr Gegenüber blickte sie vollkommen irritiert an.

„Italien ist Lebensfreude und die habe ich hier wiedergefunden.“ Der Satz lag wie ein bitterer Geschmack auf ihrer Zunge. *Gefunden und verloren*, dachte sie verdrossen, doch ihr Entschluss stand fest.

„Hast du jemanden kennengelernt?“ Ihr Vater lächelte verlegen.

Cleo senkte den Arm und spielte mit dem Saum ihres Kleides. „Vielleicht.“

Ihr Papa lächelte breiter. Erleichtert atmete Cleo auf.

„Du willst jetzt aber nicht nach Italien auswandern?“, zog er Cleo grinsend auf. Seine Tochter strahlte über beide Wangen.

„Da muss dich ja jemand mächtig fasziniert haben“, ergänzte er und Cleo nickte gedankenverloren. Aber das flaue Gefühl im Bauch war da. Sie musste unbedingt mit Francesco sprechen.

„Ich kann deine Entscheidung verstehen. Aber ich hoffe, dass sie nicht nur durch Greg herbeigeführt wurde. Es wäre schade, wenn du nur deshalb gehen willst. Du hast eine großartige Arbeit geleistet und du hättest das super gemacht an meiner Seite in der Geschäftsführung.“

„Greg war der Auslöser, aber je länger ich darüber nachgedacht habe, desto mehr wurde mir bewusst, dass das einfach nicht mein Leben ist. Es ist nicht das, was mich glücklich macht. Hier in Italien fühlt sich alles nach Neuanfang und Befreiung an", sagte Cleo überzeugt und irgendetwas in ihr drin sagte ihr, dass das alles genau das Richtige war.

„Du kannst natürlich auch noch einmal darüber nachdenken", setzte ihr Vater hinzu und schenkte Cleo ein Augenzwinkern.

„Ich bin mir sicher. Ich will die Vergangenheit hinter mir lassen und in die Zukunft starten." Sie schluckte nervös. „Was immer sie auch bringt", ergänzte sie angespannt.

Ihr Vater beugte sich vor. „Ich stehe immer hinter dir", sagte er und plötzlich wurde seine Miene ernst. „Aber ich habe wirklich gedacht, das in der Firma wäre dein Traumjob."

Er lachte laut und Cleo stieg mit ein. Sie war so erleichtert darüber, dass ihr Vater diese Nachricht so locker aufnahm.

„Papa! Ich bin wirklich gerne Gregs Sekretärin gewesen. Aber ich bin mir sicher, Ramona füllt diesen Platz noch viel besser aus."

Etwas polterte. Sie drehten sich um. Jemand kam den Weg entlang. Greg! Er marschierte eilig durch den Palmengarten und warf dabei fast eine der kniehohen Leuchten um, die den Wegesrand säumten.

„Cleo! Lass uns reden!"

Auf keinen Fall!

Ihr Vater erhob sich wissend. „Lass gut sein, Engelchen!", sagte er. Väterlich legte er seinen Arm auf Gregs Schulter.

„Komm, mein Sohn!", sagte er und zwinkerte Cleo zu. „Ich muss dir von der fabelhaften Entscheidung meiner Tochter erzählen."

Cleo fing den verwirrten Blick von Greg ein. Sie hatte
nicht damit gerechnet, dass ihr Vater so gut mit ihrer
Entscheidung klarkommen würde.

„Ich bin mir sicher, mein Vater kann dir das viel besser erklären als ich“, rief Cleo ihnen grinsend hinterher
und es fühlte sich verdammt gut an. Sie war nicht mehr
abhängig. Sie ließ sich nicht mehr Gregs Willen auf-
zwingen. Zu gern wäre sie bei diesem Gespräch dabei
gewesen, aber ihr Vater führte den unliebsamen Gast
an seinem Arm weiter in den Garten hinein.

Für Cleo gab es jetzt auch Wichtigeres zu tun. Sie
fühlte sich, als wäre eine schwere Last von ihr abgefal-
len, weil es sich um Greg hinter der Zimmertür gehan-
delt hatte.

Sie erhob sich und ging eilig über die Poolwiese und
die Veranda zurück. Ihr Herz bebte. Gregs Gesichtsausdruck war göttlich gewesen. Dieser Moment hatte sich
unglaublich angefühlt. Wie hatte sie je so etwas wie
Liebe für ihn empfinden können? Er war jemand, der
nur sich selbst liebte.

Sie beschleunigte ihre Schritte. Ihr Blick suchte gehetzt die Poollandschaft und die Terrasse ab. Die Gäste
unterhielten sich angeregt und einige Frühaufsteher
genossen bereits das kühle Nass des Pools. Cleo eilte zügig zwischen den Tischen hindurch. Sie schenkte den
Leuten keine Beachtung. Ihr stand nicht der Sinn nach
Frühstück. Sie betrat das Hotel. Im Restaurant stieß sie
auf Valentina. Cleo prüfte ihr Gesicht. Wusste die gute
Hausherrin Bescheid?

„Entschuldigen Sie bitte!“, sprach Cleo sie an. Sie lächelte zunächst überrascht, doch dann wandelte sich
ihr Blick. Sorge lag darin. „Entschuldigen Sie, ich will

gar nicht lange stören. Können Sie mir vielleicht sagen, wo ich ihren Kellner Francesco finde?"

„Francesco? O Liebes!", sagte sie und ihre Stirn wirkte plötzlich faltig und grau. Ihre Stimme wankte. „Ich mache mir solche Sorgen um ihn. Er ist noch nicht erschienen, obwohl er sonst immer kommt, selbst wenn ich ihm sage, er soll endlich ein paar Überstunden abbummeln. Wir schaffen das schon alleine."

Das stimmt also.

„Ist er krank?", fragte Cleo besorgt. Aber sie ahnte nichts Gutes. Er wollte ihr vermutlich nur einfach nicht mehr über den Weg laufen.

„Er war so niedergeschlagen und ist mit dem Mofa los. Ich konnte ihn nicht aufhalten."

Cleo schluckte. Eine üble Vorahnung breitete sich in ihr aus.

„Aber? Wo ist er hin?"

„Ich weiß es nicht. Er hat alles stehenlassen und ist los. Er war gestern das letzte Mal hier. Das ist wirklich untypisch für ihn." Valentina sorgte sich um ihren Kellner wie eine Mutter um ihr Kind. „Er war auch nicht zu Hause. Mama Gracia ist verzweifelt. Er geht nicht an sein Telefon. Keiner kann ihn erreichen." Valentina war völlig durcheinander. „Ich wollte das nicht", setzte sie fort.

Was meinte sie damit? Was täte ihr leid? Bestürzt starrte Cleo sie an. Ihre Hände zitterten.

O Francesco, warum hast du dich von Gregs Schauspiel beeinflussen lassen? War da nicht mehr zwischen uns? Hast du es nicht gespürt?

„Wo könnte er denn sein?"

„Ich weiß es nicht", antwortete Valentina.

Cleo beschlich ein Gedanke, der ihr sofort Eifersucht und Unwohlsein bescherte. Vielleicht doch?

„Madonna hat seinen Dienst übernehmen müssen. Wir hatten ihn ja nun doch eingeplant. Er ließ sich ja nie nach Hause schicken.“

Cleo atmete auf. Er war also nicht bei ihr.

„Ich hoffe, ihm ist nichts passiert“, sagte sie und strich Cleo über die Wange, weil man ihr wohl ansah, dass sie genauso besorgt um den Kellner war. Kein Zweifel! Sie wusste, was der Kellner Cleo bedeutete. Da war sie sich sicher.

Wo war er? Cleo musste doch alles richtigstellen!

Francesco!

„Vielleicht weiß Madonna, wo er ist. Sie scheinen sehr gut befreundet zu sein“, sagte Cleo und prüfte Valentinas Gesicht.

„Madonna hat auch schon versucht, ihn zu erreichen. Sie weiß auch nicht, wo er sein könnte.“

Cleo seufzte kaum hörbar. Es war der einzige Laut, der noch aus ihrem Mund kam. Ihr Herz raste. Er hatte also allem Anschein nach tatsächlich Gregs entzückender Vorstellung geglaubt.

Warum hast du nicht mehr Vertrauen in mich, Francesco?

14. Bremsschläuche

Die Sonne knallte heiß auf das Kopfsteinpflaster. Cleo lief noch immer durch die Gasse ihres Herzens, doch von Francesco keine Spur. Noch einmal suchte sie den Souvenirladen auf. Das Glöckchen läutete.

Mama Gracia stand noch immer so reglos hinter dem Tresen wie bei ihren ersten Besuchen, doch inzwischen war sie ruhiger.

„Er wird schon wiederauftauchen. Mein Junge hat viel Temperament, aber er ist nicht dumm. Er wird keine Dummheit begehen.“

Und während es vorhin Cleo war, die Mama Gracia Mut zusprach, so war sie es nun, die Cleo wiederaufbaute.

„Er wird ein bisschen durch die Gegend fahren, Luft ablassen und dann wiederkommen“, setzte sie fort.

„Ich hoffe es.“

„Ich kenne meinen Sohn.“

Sie lächelte, doch ein Häufchen Qual lag dennoch darin. Es war noch nie vorgekommen, dass Francesco einfach so abgehauen war.

„Francesco kann man nur lieben“, sagte sie lächelnd und prüfte Cleos Gesicht.

„Ja, er ist unverwechselbar“, erwiderte Cleo.

„Er wird wiederkommen. Mach dir einen schönen Tag und ärgere dich nicht.“

„Wenn das so leicht wäre. Ich denke, ich bin schuld an seinem Aufbruch. Ich werde im Hotel auf ihn warten."

Sie holte tief Luft. Im Raum lag jetzt eine unangenehme Spannung.

„Das ist richtig. Früher oder später wird er kommen", setzte Mama Gracia hinzu und lockerte Cleos Anspannung.

„Bis zum nächsten Mal."

„Bis bald."

Cleo ging aus dem Laden. Sie schwitzte. Der Sommer gab heute wieder alles, nachdem es an den letzten Abenden etwas frischer geworden war. Sie bahnte sich ihren Weg zwischen den Touristen hindurch. Sie lächelten, schauten in die Auslagen der Geschäfte und nahmen die schönsten Waren in die Hand. Cleo entdeckte in ihnen sich selbst. Doch ihr stand nicht der Kopf danach. Sie konnte einfach keinen klaren Gedanken fassen. Sie wollte nicht, dass Francesco sie für das hielt, was Greg ihn glauben lassen wollte: eine Frau, die Francesco nur für einen kurzen Flirt im Urlaub ausgenutzt hatte.

Sie biss ihre Zähne so fest zusammen, dass es schmerzte.

Wie konnte Francesco denken, sie hätte nur mit ihm gespielt? Da war so viel Vertrautes in ihrem Umgang gewesen, so viel Nähe, Sanftheit und Humor.

„Das kann man doch nicht spielen!", zischte Cleo leise und vergaß ganz, dass sie nicht alleine war. Ein älterer Herr sprach sie von einem Schaukelstuhl aus an. Er wartete vor seinem Laden auf interessierte Kundschaft.

„Signora!"

„E-Entschuldigung", stammelte Cleo nur und ging schnell weiter.

Erst an ihrem kleinen verträumten Hafen hielt sie einen Augenblick inne. Sie fühlte sich, wie in einem Nebel gefangen, obwohl das herrliche Wetter ihr Panorama wieder in die schönsten Farben tauchte. Es roch nach Zuckerwatte von einem fahrenden Händler. Eine ältere Dame bot Blumen in allen Farbvarianten an. Cleo setzte sich auf die Bank, die gefühlt schon in ihren Besitz übergegangen war. Sie atmete tief ein. Das Ausatmen war schwerer. Ihr Körper fühlte sich nicht richtig frei an.

Doch nun lächelte sie.

Quietsche-Enten-Zitronenseife.

Sie stellte sich Francescos Lächeln vor und das machte definitiv gute Laune. Hatte sie je jemand so verstanden und so zum Lachen gebracht? Gedankenverloren starrte sie auf den See. Ihre Miene verfinsterte sich wieder. Ob Francesco zu dem Olivenhain gefahren ist? Hatte er nicht gesagt, er wäre oft da, wenn er Nachdenken wollte? Aber Cleo konnte sich beim besten Willen nicht mehr an den Weg, an all die vielen Straßen erinnern. Sie würde diesen Hain nie wiederfinden. Je länger sie hier stumm verharrte, desto größer wurde ihre Wut.

Wie kann er nach allem, was war, denken, ich hätte ihm nur etwas vorgespielt? Wie kann er glauben, ich will an Gregs Seite in die Geschäftsführung?

Cleo senkte den Kopf. Aber schließlich hatte sie während Gregs Schauspiel geschwiegen. Sie hatte vor ihrem Vater die perfekte Partnerin abgegeben. Cleo strich sich angespannt über die Stirn.

„Ciao, Cleo!“

Sie schaute irritiert auf. Es war der Fischer, der sie rief. Er ließ sich gerade ein Netz voller Fische abnehmen.

„Oh, ein guter Fang!“, rief Cleo, doch ihre Stimme klang wenig enthusiastisch.

„Ich bin glücklich darüber“, bestätigte ihr der Fischer. „Aber was ist mit dir? Wo ist dein wunderschönes Lächeln hin?“

Cleo hob die Brauen und ihre Lippen wurden schmaler.

„Es ist doch hier“, sagte sie.

„Dein Gesicht mag lächeln, dein Herz aber nicht“, stellte er fest.

Er reichte dem Mann am Anleger ein weiteres Netz.

Cleo nickte und lächelte noch überzeugender. Schnell öffnete sie ihre Tasche und zog ihr Buch heraus. Energisch schlug sie es auf. Ihr stand jetzt nicht der Sinn nach Kommunikation.

Der Fischer verstand. Angeregt unterhielt er sich nun mit seinem Bekannten. Cleo starrte vehement auf die Seiten des Buches, doch ihre Augen folgten den Buchstaben nicht. Sie lauschte dem Klang der Stimmen. Italienisches Temperament!

Würde Cleo je wieder von dieser Leidenschaft loskommen, von Italien?

Nein! Und das will ich auch nicht!

Sie schlug das Buch wieder zu und verlor sich schnell wieder in der Weite des Wassers, in der sich das Sonnenlicht brach.

Doch dem Fischer ließ Cleos bedrückte Stimmung nicht los.

„Kann ich dir helfen, Cleo? Was ist los?“

„Francesco ist verschwunden.“

„Ach, Cleo! Er wird schon wiederauftauchen. In Limone ging noch nie jemand verloren.“

Cleo schaute nachdenklich in die Ferne.

„Was ist denn passiert?“, setzte er fort.

„Mein Vater war hier mit meinem Freund, Exfreund.“

„Okay.“ Er runzelte die Stirn.

„Greg, mein Exfreund, ließ es so aussehen, als seien wir noch immer glücklich miteinander und er lud Francesco ein, mit uns darauf anzustoßen, dass ich in die Geschäftsführung befördert werde.“

„Oh! Meinen Glückwunsch!“ Der Fischer strahlte.

„Nein!“, sagte Cleo. „Ich werde diesen Posten nicht antreten. Ich werde die Firma meines Vaters verlassen und ich kehre auch nicht zu Greg zurück. Leider hatte ich keine Möglichkeit mehr, das Francesco noch einmal zu verdeutlichen.“

„Okay.“ Der Fischer rieb sich nachdenklich über die Stirn.

„Aber Francesco denkt jetzt …“

„Verstehe. Und deshalb ist er verschwunden?“

„Ja. Er ist nicht mehr im Hotel erschienen.“

„Er wird allein nachdenken wollen.“

Der Fischer zupfte an seinem Bart. Es machte Cleo noch nervöser. „Ich denke, ich weiß, wo er ist.“

Cleo holte Luft.

„Darf ich dich noch einmal in mein Boot einladen?“

„Wieso das?“

Cleo hatte nun echt keine Lust auf eine fröhliche Bootsfahrt, auch wenn der Fischer ihr nur Ablenkung bescheren wollte.

„Ich weiß, wo Francesco ist. Ich bin mir ziemlich sicher. Steig ein! Ich bringe dich dorthin."

Die Falten auf Cleos Stirn wurden größer. Der Fischer lächelte überzeugend. „Vertraue mir, ich kenne Francesco schon ziemlich lange." Sie nahm die Hand an, dir er ihr reichte und kletterte erfolgreich in das kleine Holzboot.

„Wo fahren wir hin?" Je öfter das Ruder in das Wasser einschlug, desto zuversichtlicher wurde Cleo.

„Zu einem ganz besonderen Ort. Madonna und Francesco haben diesen Platz schon als Kinder geliebt. Sie haben so viele Stunden dort verbracht. Mama Gracia sagte immer, es ist ihr Abenteuerland. Ich habe ihn da oft gesehen, wenn ich angeln war. Ich glaube, er liebt die Abgeschiedenheit dort."

Cleo hörte fasziniert zu.

„Es ist nicht weit", fügte er hinzu, um Cleo die letzte Niedergeschlagenheit zu nehmen. Das stetige Geräusch des Wassers, das gegen das Boot schwappte, beruhigte Cleo endgültig.

„Was ist das für ein Ort?"

„Schau! Dort drüben!"

Cleo prüfte das ferne Ufer. Sie sah hier und da einige Felsvorsprünge, unwegsames verwachsenes Gelände. Dorthin verirrte sich bestimmt kein Tourist. Sie räusperte sich verlegen.

„Ich kann dir nicht versprechen, dass wir ihn dort finden. Aber ich bin mir sehr sicher."

„Das war also sozusagen sein Spielplatz, als er ein Kind war?"

„Spielplatz ist nicht ganz das richtige Wort." Er grinste verhalten. „Die beiden Kinder haben dort viel Unfug getrieben. Sie waren die Räuber des Sees."

„Haben Francesco und Madonna damals gestohlen?"

„Es waren nur harmlose Kinderstreiche."

Das Ufer kam immer näher. Cleos Puls beschleunigte sich.

Agapito ließ das Boot gleiten und legte seine Ruder neben sich. „Schau!", flüsterte er, als wollte er nicht, dass ihn noch jemand anderes hört.

Cleo prüfte das Ufer. Hohes Gras erschwerte die Sicht. Doch dort auf einer Felsanhöhe saß er tatsächlich. „F-Francesco!", stammelte Cleo.

Das Boot stieß auf dem Sand auf. „Weiter heran, komme ich nicht", sagte der Fischer.

Cleo erwiderte sein Nicken. Sie zog ihre Schuhe aus.

Etwas unbeholfen stieg sie ins Wasser. Francescos Blick traf sie.

Atmen nicht vergessen!

Aber er zeigte keine Emotionen. Verdammt!

„Ich lass euch alleine", setzte Agapito fort und schon machte er sich wieder ans Rudern.

Cleo hielt inne. Das leise Plätschern ließ ihr Herz noch viel schneller schlagen. Wenn Agapito jetzt die Rückreise antrat, war sie auf jeden Fall auf Francesco angewiesen, wenn sie diese Art Insel jemals wieder verlassen wollte. Er schaute in die Ferne statt zu ihr. Mit wackeligen Knien watete sie durch das Wasser. Sie schaute besorgt hinab, als würde jeden Moment ein Sumpfmonster unter ihren schlammigen Füßen auftauchen.

Nun hörte sie Francesco lachen. Aufatmen! Sie musste dabei wohl sehr lustig aussehen.

Lächelnd blickte sie zu ihrem Lieblingskellner auf. „Das ist nicht lustig", verteidigte sie ihren vorsichtigen Marsch und erreichte endlich trockenes Land.

Francesco rauchte. Cleo wusste nicht, dass er Raucher war. Er drückte die Zigarette auf dem Felsen aus. Cleo schritt auf ihn zu. Francesco kam von dem Felsen herunter. Direkt vor ihr blieb er stehen. Sie schaute in seine dunklen Augen und plötzlich war da in ihrem Kopf nur Brei. Wo waren sie? Warum war sie hier? Die Zeit stand für einen Augenblick still, ehe sie das Geschehene wieder einholte, das sie gutmachen wollte.

„Was führt dich her, Cleo?", fragte er.

War er etwa amüsiert darüber, dass sie ihn durch Agapitos Hilfe besuchen kam? Er schenkte Cleo wieder so ein verwegenes Lächeln, dass sie ihn am liebsten an sich gezogen und gedrückt hätte.

„Ich habe mir Sorgen um dich gemacht. Ich will mit dir reden!"

„Haben wir nicht längst zu viel Zeit mit Reden verbracht?"

Er steckte seine Hände in seine Hosentaschen und kickte einen Stein weg.

Was dachte er?

„Ein Hai ist nichts gegen dich", neckte Cleo ihn, doch Francesco blieb still. Dennoch glaubte Cleo, den Anflug eines verschmitzten Lächelns zu sehen.

„He! Es tut mir leid, dass du diese Show miterlebt hast. Ja, es war Greg! Es war der, mit dem ich mir ein Leben aufbauen wollte. Aber ich werde es nicht. Ich habe dir erklärt, was für ein Potential zur Manipulation er hat."

Francesco wich ihrem Blick aus.

„Was hätte ich tun sollen? Mein Vater war dabei. Er wusste nicht einmal, warum ich nach Italien geflohen bin."

Francesco ging ein Stück weiter. Wenn er doch nur endlich etwas sagen würde!

Verzweifelt griff Cleo nach seiner Hand und stellte sich vor ihn, um ihn am Weitergehen zu hindern. „Francesco! Ich bin vielleicht vor all dem geflohen, aber was ich hier in Italien erlebt habe, hat mich glücklich gemacht."

„Dann musst du wohl öfter mal nach Italien fliehen."

„Nein, du Idiot!"

Seine Nähe war genauso unerträglich wie sein gespielter Groll. Cleo merkte genau, dass er einfach nur aus ihr herauskitzeln wollte, dass sie ihm mehr, als das gestand. Seine Wut war nicht echt, viel zu sehr musste er sich bemühen, nicht zu lächeln. Sein gelegentlich starrer Gesichtsausdruck wirkte gekünstelt.

Sie zog Francesco an sich. Seine Brust bebte heftig. „Ich bin hier glücklich mit dir und ich habe es ernst gemeint. Ich will die Vergangenheit komplett hinter mir lassen. Ich scheiße auf das alles. Du lenkst mein Leben in die richtige Richtung. Mit dir ist jeder Tag wie Urlaub."

Francesco wandte sich ab, doch Cleo sah nun eindeutig, dass er griente und versuchte, es zu verstecken. „Wenn du dazu jetzt noch das perfekte Werbegesicht machst, lass ich mit mir reden", neckte er sie und griff nach ihr. Nah zog er sie an sich heran.

Cleo schenkte ihm ihren schönsten Augenaufschlag und warf frech ihr Haar in den Nacken. „Recht so?"

„Du redest ganz schön kitschig", flüsterte er und fast berührten seine Lippen ihren Hals. Cleo hielt erwartungsvoll die Luft an.

„Aber ich mag es kitschig."

„Komm! Ich zeige dir etwas!" Er eilte voran. Verwundert marschierte Cleo ihm hinterher. Zwischen zwei Felsvorsprüngen war eine Höhle. Ehrfürchtig blieb Cleo stehen. „Hier haben wir als Kinder unser Lager gehabt." Cleo kniff ihm spaßig in die Seite. „Hab schon gehört, ihr Seeräuber habt die Insel unsicher gemacht. Ihr habt also eine Höhle gebaut?"

„Nicht wirklich. Die Höhle war schon da. Aber wir haben sie zu unserem Räuber-Hauptquartier gemacht."

Francesco reichte Cleo die Hand. Gemeinsam betraten sie das Halbdunkel.

„Beeindruckend", flüsterte sie und blickte auf die Wände, die die kantigen Felsen boten. Hier drinnen war es angenehm kühl. Die Luft schien feucht zu sein. Der Stoff von Cleos Kleid klebte durch das Klima an ihrem Rücken. Hier und da hörte man Wasser tropfen.

„Von hier aus den Sonnenuntergang beobachten, das ist herrlich", schwärmte Francesco und trotz des spärlichen Lichts konnte Cleo seine Augen leuchten sehen. Begeistert sah er sie an.

„Dann bleiben wir hier und schauen ihn uns an."

Francesco antwortete nicht. Er strich über den Felsen. Irgendetwas war dort eingeritzt. „Mein Autogramm", sagte er und lachte, als sei er gerade wieder in seine Kindheit eingetaucht.

Cleo strich über die Wand. „Ein wahrer Picasso", neckte sie ihn. Er lächelte mild. Seine Hand zitterte, während Cleo ihn ansah. Sie war unendlich warm. Cleo hörte seinen Atem. Sie schwiegen. Es fühlte sich unendlich gut an, wieder seine Nähe zu haben. Sie waren sich so vertraut, obwohl sie sich erst so kurz kannten.

Cleo legte ihre Hand auf Francescos Wange. Er holte überrascht Luft. Die Magie des Augenblicks machte Cleo fast besinnungslos. In ihren Ohren pochte es heftig. Ihre Lippen waren trocken. Wie sehr seine Augen glänzten!

Sie näherte sich seinen Lippen. Heute würde sie das Zungenspiel beginnen, ihm beweisen, wie sehr sie seine Nähe wollte und genießen konnte. Doch prompt löste sich Francesco von ihr. Er verließ die Felsenhöhle. Überrascht blieb Cleo zurück. Was war denn nun los? Ihr Mund blieb offen.

Was ist denn los?

Cleos Puls geriet außer Kontrolle. Francesco war noch immer gehemmt. Wegen Greg? Er sah Cleo an, als sie ihm aus der Höhle folgte. War er sich nicht mehr sicher, ob er mit ihr glücklich werden konnte? Er drehte sich um. Dort vorne stand sein Mofa.

Er musste über den schmalen Weg neben der Höhle hierhergekommen sein, den Cleo hinter halbhohem Gras entdeckte.

„Wir fahren zurück", sagte er.

„Doch kein Sonnenuntergang? Francesco!"

Was war denn mit ihm los? Er schob mit seinem Fuß den Ständer seines Fahrzeugs hoch.

„Also soll es enden wie im Olivenhain?"

„Nein", sagte er sanft. „Natürlich nicht."

Doch plötzlich hielt Francesco inne. Er bückte sich und prüfte nachdenklich sein Moped.

„Stimmt etwas nicht damit?", fragte Cleo irritiert.

„Die Bremsen! Jemand muss sich daran zu schaffen gemacht haben.“

Entsetzt starrte Cleo ihn an. Ihre Lippen waren geöffnet.

„Jetzt echt? Wer sollte denn so etwas machen? Und dann hier? Hier kommt doch kein Mensch her!“

Cleo prüfte die Umgebung. Doch für Francesco gab es keinen Zweifel.

„Da war jemand dran.“

Seine Finger strichen über irgendwelche Schläuche. „Defekt“, stieß er verärgert aus.

„Aber wer tut denn so etwas?“

Cleo verschränkte die Arme vor dem Körper. In ihrem Bauch war wieder das flaue Gefühl.

Francesco schaute zu ihr auf.

„Ich war es nicht. Ich bin doch gerade eben erst mit Agapito gekommen.“

„Das weiß ich doch“, sagte Francesco. Seine Stimme war streichelnd, aber seine Finger verkrampften sich. Auf seinem Handrücken zeichneten sich seine Adern ab.

15. Verlieren heißt Neuanfang

Cleo sah Francesco seine Verärgerung an. Sie seufzte kaum hörbar. Ihn jetzt einfach in den Arm zu nehmen, um ihm zu sagen, dass man für ihn da war, das wäre schon etwas. Aber Cleo schwieg und ärgerte sich stattdessen über das, was da mit dem Moped geschehen war.

„Sehe ich da in deinem Gesicht gerade eine Mischung aus, ich spiele, dass ich immer noch wütend auf dich bin und ich bin mir nicht ganz sicher, ob du doch an meinem Moped warst?", zog sie ihn auf, weil seine Gesichtszüge plötzlich so verhärtet aussahen.

„Cleopatra!" Er lächelte und kniete sich vor sein Mofa. Cleo atmete auf. Seine schlechte Laune lag also wirklich nur in den kaputten Schläuchen begründet.

„Vielleicht war es Greg", äußerte sie vorsichtig ihre Vermutung. „Bist du denn sicher, dass jemand an den Schläuchen war? Kann es nicht auch Verschleiß sein?"

Francesco runzelte die Stirn. „Meinst du, dein Greg liebt dich so sehr, dass er zu sowas fähig wäre?" Es klang spitz. Cleo seufzte. „Damit beantwortest du es dir wohl selbst. Woher soll er überhaupt wissen, dass ich hier bin?"

„Vielleicht ist er dir gefolgt?" Cleos Kehle war plötzlich wie zugeschnürt.

Francesco erhob sich. „Mit dem Moped kommen wir nicht mehr zurück. Es sei denn, wir wollen damit über die Klippen."

Cleo wurde heiß. „Wer würde denn so etwas tun? Es muss ja jemand hier gewesen sein. Hast du nichts bemerkt?"

„Ich glaube, es spitzt sich alles gerade dramatisch zu", erwiderte er und seufzte resigniert. Er legte seine Hände auf Cleos Schultern.

„Was meinst du damit?"

Francesco starrte nachdenklich aufs Wasser.

„Was ist los?"

Doch jetzt hörte Cleo es. Sie drehte sich um und sah irritiert auf den See. Da kam ein Motorboot angebraust. Und es kam sehr schnell auf das Ufer zu.

„Wer ist das?", fragte Cleo.

Francesco war wie erstarrt. Sein Gesicht sah verändert aus. „Sie kann es nicht verstehen", sagte er schwach.

„Wer?"

Cleo verstand es noch immer nicht. Doch als das Boot nun kurz vor dem Ufer zum Stehen kam, wurde ihr klar, was Francesco damit meinte.

Madonna!

Madonna stoppte das Boot kurz vor dem Ufer.

O nein! Bitte jetzt kein verzweifeltes Liebesdrama!

Cleo biss sich auf die Lippe, bis es schmerzte.

„Francesco, mi dispiace tanto!", rief Madonna. Francesco, es tut mir so leid!

Er trat energisch vor, als die dunkelhaarige Kellnerin auf ihn zugeeilt kam.

„Du?!", fragte er.

Cleo grübelte. Was lief hier ab? Was tat ihr leid? War sie etwa an dem Moped gewesen?

„Es tut mir so leid!", jammerte Madonna noch einmal. Es schien wirklich so gewesen zu sein.

„Du warst an seinem Mofa?", mischte Cleo sich nun aufgebracht ein. Was hätte alles passieren können! Madonna mied Cleos Blick. Sie tat, als wäre sie Luft. „Die unglaubliche Idee, Francesco könnte deine Liebe erwidern", stieß Cleo bissig aus. Besänftigend nahm Francesco sie in den Arm.

Aus Madonnas Gesicht sprach Schmerz. Sie wirkte plötzlich nicht mehr wie die taffe Kellnerin, die immer wieder ein neues Fettnäpfchen für Cleo bereithielt. Auf ihre Stirn trat Schweiß.

„Ich hätte das nicht tun dürfen. Bitte verzeih mir!", wiederholte sie.

„Was hast du dir dabei gedacht?", schrie Francesco.

Es stimmte also. Sie gestand es damit wohl.

„Wir sind Freunde!"

„Du weißt, dass du mir immer mehr bedeutet hast", setzte Madonna fort und ihre Stimme klang etwas normaler.

Cleo musterte sie. Die italienische Schönheit trug ein viel zu kurzes schwarzes Flatterkleid mit weißen Blumen darauf. Es schien von ihrer wilden Fahrt über den See komplett durchnässt zu sein.

„Ich habe es dir immer gesagt!"

„Ich weiß!", rief Madonna. „Es war ein Fehler. Ich werde das wiedergutmachen."

„Da gibt es nichts mehr ..."

„Francesco! Bitte! Ich wollte das nicht. Ich habe nicht nachgedacht."

„Du wolltest das nicht? Du bist hierhergekommen, zu unserer Räuberhöhle, an den Ort unserer Kindheit und …“

„Ich weiß.“

„Ist das alles, was du zu sagen hast? Bist du so verbittert? Wenn ich damit losgefahren wäre?!“

Beschämt starrte Madonna ihn an. Cleo fühlte sich, als schaue sie einen Film, bei dem sie sich ganz und gar nicht gut fühlte.

„Francesco! Bitte!“, drängte Madonna weiter. Sie schlang ihre Arme um ihn, als wäre ihr nicht bewusst, dass er seinen bereits um Cleo gelegt hatte.

Irgendwie fand Cleo sich ein wenig in Madonna wieder. Sie hätte vermutlich genauso impulsiv reagiert und sie war froh, nicht an ihrer Stelle zu sein.

„Ich weiß, dass du meine Gefühle nie erwidern wirst. Und es tut mir leid, dass ich das getan habe. Ich habe es glücklicherweise noch rechtzeitig genug erkannt. Ich will mich nicht mehr …“

Francesco schob sie nach endlos langen Sekunden endlich von sich, während Cleo sich längst von ihm gelöst hatte. Seine Wut schien verraucht zu sein und trotzdem zeigten die Falten auf seiner Stirn weiter sein Unverständnis.

„Ich will mich nicht mehr gegen dein Glück stellen“, setzte Madonna fort.

Cleo atmete auf. Wenn sie noch bis zu diesem Augenblick daran gedacht hatte, dass da doch noch etwas hätte sein können, war sie nun erleichtert darüber, dass es eben nicht so war.

„Ich werde es hinbekommen. Aber bitte gib unsere Freundschaft nicht auf!“, bat Madonna ernst.

„Und das?" Er deutete auf sein Moped.

„Ich bringe euch zurück. Ich werde Pascale bitten, dein Mofa zu holen und zu reparieren."

Verwundert hob Francesco die Brauen. „Ihr redet wieder miteinander?"

Madonna bewegte die Lippen. Aber sie antwortete nicht.

„Es ist gut, wenn ihr endlich klärt, was zwischen euch gestanden hat."

„Du hast zwischen uns gestanden. Das wurde mir jetzt bewusst."

Cleo schluckte.

„Du weißt, dass alles allein an dir lag", setzte Francesco hinzu.

Madonna verzog den Mund. „Kommt ihr mit mir?"

Francesco blickte Cleo fragend an. „Die Alternative wäre ein Leben auf unserer einsamen Abenteuerinsel", wandte er sich an Cleo. Er lächelte wieder schwach.

„Oder ein Taxi", konterte Cleo. Sie war noch immer durcheinander und aufgebracht und wusste nicht so recht, was sie von Madonnas Geschichte halten sollte.

„Ich schwöre, ich bringe euch sicher zurück", beteuerte Madonna. Ihre zitternden Hände beruhigten sich.

„Komm!", sagte Francesco und legte sanft seinen Arm auf Cleos Rücken. Er zog den Schlüssel von seinem Mofa ab und ließ dann Cleo voranschreiten.

Ungern stieg sie auf Madonnas Motorboot. Ob es ihr gehörte? Der weiße Lack war makellos wie ihr Make-up. Doch das Wasser im Inneren beunruhigte sie.

„Spritzwasser", erklärte Madonna. Und schon ging die wilde Fahrt los.

„Wie kannst du ihr das verzeihen?", flüsterte Cleo, doch Madonna fing ihren Blick. Cleo rückte auf der schmalen Sitzfläche näher an ihren Kellner heran.

„Wir sind Freunde", antwortete er. Doch sein Gewissen schien nicht rein zu sein. Cleo schwieg. Sie starrte auf den See, nur das euphorische Freiheitsgefühl wollte sich diesmal nicht einstellen.

Ihr Hafen in Limone lag voraus und mit enormer Geschwindigkeit erreichten sie ihn schon bald. Der Strom der Touristen brachte eine gewisse Routine zurück, die Cleo ein bisschen von ihrer Aufregung nahm.

Francesco half ihr aus dem Boot. Cleo warf Madonna einen letzten warnenden Blick zu, den sie zu ihrer Überraschung mit einem Lächeln erwiderte. Das flaue Gefühl im Bauch kehrte schnell zurück. War das hier irgendeine List von ihrer Erzfeindin?

„Ich kümmere mich um dein Mofa", erklärte die Kellnerin und startete wieder ihr Boot. „Wir sehen uns nachher."

„Danke", sagte Francesco. Gütig schaute er auf seine Jugendfreundin und fing dafür Cleos tadelnden Blick.

„Sie bereut es wirklich", erklärte er. Sein betrübter Blick zeigte, dass es sich für ihn nicht gut anfühlte, wenn Cleo ihn so misstrauisch ansah.

„Sie wird lernen, damit umzugehen. Sie hat eingesehen, dass ich sie nie so lieben werde, wie sie es sich gewünscht hatte."

„Vielleicht ist das aber auch nur eine Masche."

„Der mit den gefährlichen Maschen bin ich", sagte er geheimnisvoll und zwinkerte Cleo zu. Sein betörendes Lächeln war wieder da und es besiegte das flaue Gefühl.

„Ich glaube, ich habe erstmal etwas gutzumachen“, sagte Francesco ernst und löste sich wieder von Cleo. Zuversichtlich blickte er auf das Hotel.

„Valentina?“

„Valentina.“

Cleo spürte, dass seine Unruhe zurückkehrte. Sie sah, dass seine Hände zitterten.

„Ich bin mir sicher, sie wird einfach froh sein, dass du wieder da bist.“

„Ich hoffe es“, entgegnete er nickend und schenkte Cleo ein Strahlen, das nicht ganz überzeugend war.

Sie betraten die Hotelterrasse. Sofort blickte der Kellner auf, der sich ersatzweise während Francescos Abwesenheit um Cleos Zufriedenheit bemüht hatte. Sie nickte ihm zu.

„Cleo!“

Überrascht drehte Cleo sich um. An ihrem Stammtisch saß ihr Vater.

„Papa!“, rief sie erfreut. Es fühlte sich an, als sei sie Jahrhunderte weg gewesen.

„Cleo, mein Engelchen!“

Neugierig schaute er zu Francesco auf.

„Ciao! H-Hallo!“, sagte er stotternd.

„Du bist allein?“, fragte Cleo neugierig. Ihr Vater lehnte sich genussvoll zurück und lächelte zufrieden.

„Greg und Ramona sind spontan abgereist, wichtige Geschäftstermine.“

„Hast du ihm gekündigt?“

„Nein“, antwortete ihr Vater und grinste. „Ich bin mir sicher, das erledigt sich ganz von selbst.“

Was meinte er damit?

Francesco griente ebenfalls, nur verhaltener. Ihr Vater musterte ihn und nickte Cleo zu. Sie verstand. Ihr Papa hielt ihren Italiener wohl für eine super Auswahl.

„Entschuldigt mich bitte. Ich muss …"

Cleo drehte sich zu Francesco um. „Ja! Viel Glück!", sagte sie.

„Wir sehen uns nachher hier gleich zum Dinner?", fragte Francesco.

„Gerne. Ich mach mich dann nur kurz etwas frisch", antwortete Cleo und strich über ihre Sachen, die den nassen von Madonna nach der spritzigen Fahrt in nichts nachstanden.

„Aber mich entschuldigt ihr bitte auch", sagte ihr Vater und erhob sich. Er lächelte geheimnisvoll und zwinkerte Cleo zu.

„Papa!", rief Cleo ihm nach und rollte die Augen. Ihr Vater wollte ihr und Francesco also Privatsphäre gönnen.

„Bis gleich!", rief Francesco ihr zu. Er wirkte gehetzt und doch strahlte er.

Cleo eilte auf ihr Zimmer. Der Gedanke an Francescos Lächeln, löste in ihr Glücksgefühle aus und doch blieb ein kleiner schwarzer Schleier des Unbehagens. Würde Madonna ihn einfach so aufgeben? Und schon waren die Gedanken wieder da.

Francesco war aus der Höhle geflohen, als sie ihn küssen wollte. Er war sich nicht mehr sicher, ob er sie überhaupt wollte. Oder?

Sie öffnete die Tür. „Nanu?" Ihr weißes Kleid lag frisch gewaschen und gebügelt auf dem Bett. „Valentina!" Lächelnd schüttelte Cleo den Kopf. Hatte sie ihr

Kleid nicht in den Beutel mit ihrer Schmutzwäsche getan? In ihrem Kopf herrschte noch immer ein heilloses Durcheinander und irgendwie verschwamm ihre Erinnerung, was das Unwesentliche anging. „Die Dame des Hauses!", sagte Cleo und grinste. „Unverbesserlich!"

Cleo zog das Kleid auseinander. Von ihrem Rotweinunfall war nichts mehr zu sehen. Der Stoff duftete wie der Lavendelstrauß auf dem Tisch.

Es war Zeit für eine angenehm frische Dusche. Lange genoss Cleo das Wasser. Ihre Haut fühlte sich seidig an. Der fruchtige Duft erfüllte schnell wieder das Badezimmer.

Cleo trocknete sich ab. Sie schaute zurück auf ihr Bett, wo das weiße Kleid lag.

Genau!

Sie würde Valentina eine Freude machen und es zum Dinner tragen.

Es war noch ziemlich früh am Abend, aber die bunte Beleuchtung schenkte bereits wieder besonderes Flair. Cleo stieg die Treppe hinunter. Ihre Nervosität kehrte zurück. Gleich würde sie ihren Kellner wiedersehen. Sie betrat die Terrasse. Francesco saß schon an ihrem Tisch. Also ein gemeinsames Essen! Diesmal sollte er nicht nur ihr Kellner sein.

Cleo konzentrierte sich auf ihre Schritte, um in ihrer Aufregung nicht zu stolpern. Sie prüfte den Tisch. Er war fein gedeckt. Cleo konnte Gläser darauf stehen sehen. Francesco schaute zu ihr. Sofort erhob er sich lächelnd.

„O làlà!", sagte sie voll Bewunderung. Francesco trug eine schwarze lange Hose und ein weißes Hemd. „Du hast dich rausgeputzt."

„Das kann ich nur zurückgeben“, sagte er.

„Gefahr!“, flüsterte sie. Francesco runzelte die Stirn, während er den Stuhl für Cleo vom Tisch zurückzog.

„Gefahr?“

Cleo grinste und deutete auf die Flasche auf dem Tisch. „Rotwein!“

Francesco lachte und sie setzten sich.

„Dein Kleid ist ja bereits erprobt“, neckte er sie. Cleo lächelte verlegen.

„Ist alles gut gegangen mit Valentina?“, fragte Cleo besorgt.

„Ja.“

„Gott sei Dank!“

Francesco spielte nervös mit seinen Fingern. „War kein guter Tag heute“, sagte er.

„Es gibt schlimmere.“

Cleo fing seinen Blick und er hatte wieder die Macht, alles in ihr wohlig durcheinanderzuwirbeln.

„Ich hoffe, du liebst noch immer deine Insel?“, fragte er und hob die Brauen.

„Halbinsel“, konterte sie keck. Er grinste. „Nun ja, nachdem ich der Insel des Grauens entkommen bin.“

„Na!“, stänkerte Francesco mit ihr. „Es ist wirklich ein toller Ort. Ich zeige ihn dir noch einmal unter anderen Umständen.“

„Ich wollte schon immer wie Robinson Crusoe leben.“ Cleos Mundwinkel gingen in die Breite.

„Ja, die Vorstellung, dich in Palmblättern zu sehen. Durchaus sehenswert …“

„He!", rief Cleo und schlug ihm frech auf die Hand. Er übernahm das Spiel und legte seine auf ihre. Sofort verstärkte sich der warme Schauer, der Cleo durchlief. Seine Hand fühlte sich so unendlich vertraut an.

„Ich hoffe, du magst meine Bestellung", sagte er.

„Du hast schon bestellt?"

Es fängt doch nicht etwa an wie bei Greg?

Francesco lächelte geheimnisvoll.

„Hast du es nicht vorhergesehen durch deinen Zitronenaltar?", zog er Cleo auf.

„Meine Seife ist ja ein Talisman, kein Altar und keine Hellseherkugel", konterte sie belustigt.

„Ich dachte, wer die Zitrone im Blut hat ..." Seine Lippen formten sich spitz. Gedankenverloren lehnte er sich zurück und hielt noch immer Cleos Hand.

„Starr mich nicht so an! Das macht mich nervös", sagte sie.

„Meine Absicht!", gab er keck zurück. Doch nun kam die Bestellung.

Irritiert schaute Cleo auf. Es war Madonna, die ihre Speise brachte. Sie war mit einer silbernen Haube abgedeckt.

Cleo schluckte. Madonna trug wieder einen verdammt knappen Rock. Die wilde Fahrt und das peinliche Erlebnis sah man ihr nicht mehr an. Sie lächelte.

„Für die Signora!", sagte sie und schien sich fast darüber zu freuen, Cleo bedienen zu können. Verwundert schaute Cleo Francesco an.

„Ich hoffe, du magst es", sagte er.

Cleo runzelte die Stirn und verzog den Mund. „Was ist das?"

Rätselnd starrte sie auf die Haube. Es war nicht üblich, das Essen abgedeckt zu bringen. So etwas kannte sie nur von Francesco. Sie erinnerte sich an seine köstliche Suppe mit dem Gewürzgesicht.

„Aber nicht Haifisch oder so etwas?"

Francesco lachte. „Noch einmal bitte diese Frage und das perfekte Werbegesicht!"

Cleo schmollte und grinste dann. Vorsichtig hob sie die Haube an. Nanu? „Da ist nichts", stellte sie verwirrt fest. Doch als sie nun die Abdeckung ganz anhob, war sie verblüfft. Mit ihren feuchten Händen stellte sie die Haube zur Seite.

„W-Was?", stammelte sie.

Francesco lächelte selig. „Ich hoffe, sie gefällt dir." Er erhob sich und nahm auf, was die Haube verborgen hatte. Es war eine silberne Kette mit einem zitronengelben Anhänger. Er hatte eine Herzform und trotzdem wirkte er auf den ersten Blick wie eine Zitrone. Er funkelte und zauberte tanzende Streifen auf ihr Tischtuch.

„I-Ich …", stotterte Cleo.

Francesco half ihr aus ihrer Verblüffung. Sanft strich er ihr Haar zur Seite und legte ihr die Kette um. Er beugte sich zu ihr herunter.

„Wie komm ich dazu?", fragte Cleo schwach. Ihr Herz bebte.

„Weil ich dich liebe …", flüsterte Francesco und der zarte Hauch seines Atems streifte Cleos Hals.

Gab der Stuhl da gerade unter ihr nach oder fühlte es sich nur so an?

Francesco richtete sich wieder auf. „Jetzt wäre eigentlich der Zeitpunkt gewesen, meinen Liebesschwur zu erwidern", neckte er Cleo.

Entschlossen erhob sie sich. Sie schlang ihre Arme um ihn und bot für die lächelnde Madonna die schönste Szene. „Und wenn ich es nicht tue?", provozierte Cleo ihn und legte ihre Hände in seinen Nacken, während er seine Arme um ihre Hüfte schlang.

„Dann kommt der weiße Hai", gab er schelmisch zurück.

Prompt küsste Cleo seine Wange. „Ich befürchte ...", flüsterte sie und spielte mit ihrem Finger an seinem Hals genauso wie mit ihrem Atem. „Ich habe mein Herz nicht nur an Italien verloren."

„Komm, präziser bitte!" Sein Atem ging schnell.

„Ich liebe dich, Haibändiger."

„Damit kann ich arbeiten." Zärtlich ließ er seine Lippen auf ihre nieder und nippte an ihnen. „Der Hai lebt nur mit dir", sagte er.

„Und ich mit dir."

„So wollte ich das hören."

Cleo erwiderte seinen Kuss und wandelte ihn in eine Leidenschaft, die hier und da einen Gast klatschen ließ.

„Ich sage es ja", unterbrach Francesco sie. „Mit deinem Werbegesicht kannst du die Leute zu Beifall animieren."

Sie schaute ihn schmollend an, zog ihn aber eng an sich.

„Ich liebe dich", wiederholte sie verspätet seine Worte. Seine Augen strahlten, wie die von Cleo.

Italien hatte nach ihr gerufen.

Italien hatte sie bekommen.

Sie war mittendrin in ihrem Neuanfang.

Die Sonne kitzelte Cleo warm, während ihr Blick auf die Palmblätter hinter Francesco fiel. Der zarte Wind ließ ihre Blätter tanzen, die durch den Sonnenschein genauso schöne Schatten warfen wie ihre Kette.

Stolz strich sie über den Anhänger. „Danke", sagte sie verlegen.

Francesco legte seinen Finger auf ihre Lippen. „Ein Zitronenherz für dich und dein Herz für mich", flüsterte er sanft.

„Abgemacht", gab Cleo zurück und drückte ihn fest.

Sie war bereit.

La dolce vita!

Das süße Leben!